シャローム II

三木 美津子

Mitsuko Miki

文芸社

目次

下町の夏

一、花火

下町の夏は両国の川開きから始まる。梅雨あけの空に積乱雲がもくもくと生れて、たそがれがせまると、ドドンドンと空をゆるがす音が開幕をつげる。

屋根の上の物干にうすべりが敷かれ、台所の大鍋に枝のままの枝豆が投げこまれ、衣《きぬ》かつぎの小芋も大ざるにいっぱいだ。

「早く暗くならないかな――」

こばやに夕食をすませた子供たちは、物干のてすりにつかまって空を見上げる。

和倉町の一家も大工町のおばさんもお隣りのお姉さんも集まる頃は涼しい風も出て、大人たちの談笑もにぎやかにはずむ。

「玉屋――　鍵屋――」

大きな乱菊が天空にぱっと開いて迫ってくるかと思うと消えていく。深い藍色の絵絹に菊、ぼたん、柳、五彩の光の花がいちめんに咲き乱れては散る。ひとときの闇がもどると今度は何が描かれるかと、枝豆を持ったまま、衣かつぎはつるりと口に含んだまま息をのんで待つ。

ドンドドドドン、しかけ花火だ、シュルルンルン、やつぎばやに下の方からはじき出される色と光の彩、低く高く入りまじって咲いては散り、散っては咲く花、花。

「玉屋――鍵屋――」の声がひときわ高くなる。こんな大物のあとは音もなくやさしい色の花がいく輪かはかなく咲いて散る。

フィナーレのナイアガラの滝が打ち上がる頃、子供たちは大人のひざの上で静かになり、重くなったまぶたの間から入ってくる花々はいつのまにか、かすんで消えてしまう。

二、お祭り

祭ちょうちんが軒ごとにつるされ、街角に御酒所《みき》ができて、大小のお神輿が納まると、いよいよ富岡八幡宮のお祭りだ。

「ワッショイ、ワッショイ」大きなお神輿が、八月の炎天の下を何台もねり歩く。揃いの半纏に向う鉢巻、深川の若い衆はいなせで勇しい。
「水かけておくれ。ワッショイ、ワッショイ」
町の商家では遠慮なく水をぶっかける。かけないものなら「けーちんぼ、けーちんぼ、三河屋のけちんぼ」とジグザグ行進、「サセ、サセ」のかけ声でお神輿を上下にゆする。町会ごとに意匠をこらした半纏はびっしょり雫をたらし、双肌ぬぎの肩が赤い。店の前で見ている私は手に汗をにぎる。

その行列の先導の一人が父なのだ。白麻の着物に浅葱《あさぎ》の袴、大きな団扇でゆったりゆったりお神輿をあおぐ。小柄だが端正な顔立ちの父に似あうから不思議だ。子供神輿の行列には小さい二人の弟も揃いの半纏に豆しぼりの鉢巻、つくとジャランポンと音のする杖を持って父についてねり歩く。

祭りの果てた後、町会からでる銭湯の券で汗を流した若い衆に御酒所で酒がでる。一滴も飲めない父はただにこにことつきあっていたそうだ。日頃の我家のくらしとこのお祭り風景、何ともちぐはぐだ。当時町会長をしていた父にはお役目だったらしいが、案外お祭りずきだったのだろう。

あのいなせな若い衆がいた頃のお祭りが今も色あせないのは私もお祭りが好きなのか

しら？

三、ご縁日

その頃の下町では八の日はどこ、五の日はどことよくご縁日があった。

バナナのたたき売り、くるくると廻ってふわふわと出てくるわたあめ、「あめのなかから金太さんが出たよ」と言いながら、長い棒のようなあめをちょんと大きな包丁で切ると、ほんとうに金太さんがでてくるのだ。お糝粉《しんこ》細工のおじさんがこねたりちぎったりしているうちに、小さな経木の上に鳥や小犬が座っている。野菜籠もほんものそっくりの大根や人参が入っていて、蜜をかけたのを子供たちが食べている。子供心をそそるものばかりだ。私はご縁日にあこがれていた。

「さあちゃんはきりょうよしで頭がよくて気だてがいい」とだれもが言う。体が弱くて女学校を中退した長姉を父母は大切にしていた。姉のためにまだ珍しかったシンガーミシンを買ったので、会社の人が洋裁を教えにきていた。年下の妹二人はいつも姉の手づくりの洋服をきていた。当時の写真をみるとおかっぱ頭にリボンをつけた少女のギャザーのたっぷりよった服は今でもおかしくない。

下町に住みながら弟たちは慶応型の服をきせられ、童話や積木のおもちゃでやや山手風に育てられたのは、その頃の女性は結婚前にしかるべき家に行儀見習にあずけられて、躾られたそうだから、母はそのしかるべき家の風習を持ちこんだのだろう。加えて父の教育方針と大正から昭和という時代のせいではないだろうか。

すらりと背の高い姉に手を引かれて、私は金魚のゆかたを着てご縁日にきたのだ。アセチレンガスの匂いがした。

「みっちゃん。何がほしいの。買ってあげる」

私は食べない約束で果物籠を買ってもらった。

年があらたまって二月、姉はなくなった。

あじさいの日

「喜之《きの》さんをたのしませて下さって、ありがとう」

ぴたりと私の前に手をついて深々と頭をさげたのは夫の伯母だった。早朝夫が息を引きとってからの長い時間を、どう過ごし、どのようにしてお通夜の席に座っているのか、その夜の私にはさだかではなかった。

旧家の婦人らしくやさしくたおやかななかに、りんとした気品をひめたこの伯母は三木一族の要のような存在だった。木もれ日で皆の顔が緑に染まりそうな五月、鎌倉の古いお寺の茶席で喜寿を祝ったのはその前の年だった。夫もその席に連なっていた。

数年たって三木一族が集まったとき、私はきいた。

「おばさま。お通夜の時おっしゃったこと忘れません。どうしてでしょう?」

出世させてとかいうなら「ありがとう」もわかるけれど、私と結婚した夫はおよそ出世とはかかわりのない横道を歩いていたのだから親代りの伯母から責められてあたりまえと思っていた。

「喜之さんはお父さまの二度目の奥さまとのお子で末っ子だった。とても可愛がられてお育ちだった。お母《たあ》さまは家老の娘で同じように二代目のクリスチャン。やさしいお方だったけれど、お父さまがのうなられて、喜之さんと二人になられてからはきびしくなられた。喜之さんもああいうお方、生真面目なかたいかたいくらしだった。あなたがいらしてからはお父さまゆずりのおおらかさがでてきて、明るくおなりだった。出世より何より今までおさえていたものを一気に取りもどしたようで、私はあなたにお礼を言いたかった」としみじみと答えてくれた。嬉しかった。夫の後を追うように伯母も他界した。

女性ドライバーの少なかった頃から、夫と私はかわるがわるハンドルを取ってドライヴをたのしんだ。台風の日に夫と天城峠を越えたことがあった。風雨をさけて大きな岩の影に車を止めて、洞窟のようなところで携帯燃料でコーヒーをいれ、車にもどってのんだ。心が和やかになってコーヒーの香りのなかで顔を見合せて笑った。何とか修善寺にたどりついた。こんなことが夫にはたのしかったようだ。

僕はスポーツカーを買う。あなたは軽自動車だと言う。そんなことをされては我家の経済はなりたたない。私は軽井沢の所有地に山荘をたてることを提案した。夫はこれに乗った。にぎやかな湖のほとりから十分ほど、から松林を通り抜けた野の花の美しいところだ。

サンセットの丘、あかしや通り、われもこうの原、りんどうの小道、きじの道、野ばら街道、みんな二人でつけた名だ。夏休みはもちろん冬も秋も、ここの生活をたのしんだのは何年になるのだろうか。

愛犬のベルが山荘で亡くなったとき、「あなたが泣くから」と亡きがらを私にみせないで白かばの木の下にうめた。

「あなたの涙をみると何も言えなくなる」とよく言っていた夫は、私にさんざん涙を流させて先にいってしまった。

病院からもう息をしない夫と帰った道のあじさいは涙と雨でにじんでいた。教会の方の心づくしでキャンパスの野の花で祭壇はうめられた。涙のかれはてた目にあじさいだけがあざやかだった。十八年の月日が流れた。

私はこの日を「あじさいの日」とよんでいる。

勲章

甥夫婦の招きでマニラに来てもう予定の二ヶ月の大半がすぎた。クリスマスをバギオでむかえることになったとき、甥が言った。

「飛行機なら空港から四十分、ドライバーのジャーニイをつれて車でゆけば着いてから何かと便利だ。でも、せっかくフィリピンまで来たのだから、バスで行ってみないか? 冷房の入った定期便があって五時間ほど、フィリピンの素顔に少しはふれることもできるし……」

一介の教師にすぎない甥ですらこの地では三人のメイドとドライバーを当然のように雇い、アメリカンセメタリー近くのヴィレッジに住んでいる。

この家の食客である私もこの頃はポロクラブやスペイン風の美しい家に招かれて、ぜいたくな時をすごすことも多くなった。日本では想像もつかない熱帯のものうい日に私の興味をひくのは、この地に住む人の生活だった。

大きなパパイヤやパインアップル、マンゴーの匂いのまじりあってあふれるフルーツマーケット、ぴんとひげをはってはねる海老やいかや貝、すんだ目の魚、土のついた野菜の山、マーケットはいつも肩がぶつかりあう人波のなかで、汗にまみれて値切ったり、かけひきをしたり、肌の色も言葉もことなる人々がそれぞれたくましい。

一人でマーケットに行ってみたい。きんきらきんのジープニイ（ジープを使ったバス）にも、カレッサ（水牛を使った乗合馬車？）にも乗ってみたいが、タクシーだって一人で乗ることは危険という。五年もマニラに住んでもまだ一人歩きできない日本人も多いときく。

大胆に現地人とつきあう甥はジープニイにも乗るしダウンタウンにもゆく。メイドのプリンさんの結婚式に一家で招かれて、マニラから二〇〇キロもはなれた部落でボス、ボスと村人から歓待されたこともあるそうだ。

この国で民衆のなかにとけこむことは意外とむずかしい。表面に出ることはなくても過去の傷はとじてはいない。政治も不安定だ。日本とのかかわりは古く、スペインやアメリカの植民地だった影響は大きいし、中国の顔もそこここに見かける。フィリピン特有の文化にそれらの国の文化が入りまじって一種の調和を保っている。貧と富とが隣合せの雑然としたこの国の人に、私は何か魅かれるものがあり愛着を感じはじめていた。

この国に来てはじめてのただ一回の旅バギオ、私はバスでゆくことを喜んだ。

強い原色のTシャツにジーンズのドライバーと助手が、氷と飲物のびんを入れた大きな容器をやっこらさとつみこんでやっと出発、定時を三十分もすぎていた。

途中で何人か乗ってきたが、ほぼ満席の車内に日本人は甥夫婦と四歳になるその娘と私の四人だけのようだ。歌を口ずさんだり、ガムをかんだりこの国の人は陽気でくったくがない。

バスはマニラ市街を通り抜けて田園地帯を走っていく。水牛も農夫も白い洗たくものはためく農家の床下で餌をついばむ鶏も、昼寝をしている豚も目をかすめてとんでいく。青い水田はどこまでもつづく。

道は急に山峡に入っていった。

「おばちゃん、みてごらん。山のてっぺんまで耕して水田にしているでしょう。ライステラスって言うんだよ。日本でも貧しい山村にあったね。ここのは小規模だけど、バナウエのライステラスは、イフガオ族が二〇〇〇年も前から営々と耕した大規模なもので世界でも有名なんだ。この道路は……」と時折甥がガイドをしてくれる。

九十九折の山路を登りつめて夕方バギオについた。マニラから二五〇キロ、標高一三〇〇メートルの高原の避暑地である。フィリピンの一番暑い四月から三ヶ月あまり、政府の高官がここに集まるので政治の中心もここに移る。

私たちは松林のなかの静かなパインズホテルで、マニラ大学の聖歌隊やキャロルをきいてクリスマスをむかえた。川を下ってイゴロットの部落を訪れて木彫やパテントクロースを買ったり、カジノをのぞいたりもした。

「バギオへ行ったら紹介したい人がいるんだ。この旅の目的の一つはそれなんだ」と出かける前からきいていたその人に何時あわせてくれるのか、帰る日も迫っているのに……。

明日帰るという日の早朝、私たちは歩いてホテルをでた。冷たい風が軽井沢を思い出させた。人通りの少ないしゃれたスペイン風の街をいく。

「あっ、ここだよ」と甥は低い石垣と植込みのあいだの石段の前で足を止めた。門柱にフランシスコ・コンベントとほってある石段を登っていく。

「まあ、あじさいの花！」私は声をあげた。石垣の横にも前庭にも朝露にぬれたとりどりのあじさいの花だ。

昨日も今日も明日も同じように赤くもえるハイビスカスやブーゲンビリアにあきた目に何とやさしく新鮮なことか。

「よくいらっしゃいました。さあ、どうぞ」とグレーの僧服をまとったシスターがあじさいの影から現れ、木造の質素な修道院の一室に案内された。「シスター・テレジアでございます」とおっしゃった。

以下はシスター・テレジアがたんたんと語り私たちの問に答えて下さった大意である。

「御存じの通りフィリピンはスペインやアメリカの植民地としての歴史が長く、日本とも昔からお交わりがありました。明治になってから、マニラからバギオ、バナウエを通って海岸に至るケノンロードは、過酷な労働にたえかねた外国の労働者のなかで日本人だけは多くの犠牲者をだしながらあの道路をつくりました。日本人労働者がいなかったらあの道路は完成できなかったでしょう。

今度の戦争でルソン島は戦火にさらされました。山下将軍は軍を率いてマニラから山岳地帯を奥地から奥地へと敗走をかさね、一時バギオに本営をおきましたが海岸にのがれました。軍の後を追った民間人は途中で崖から落ちたり、けがをしたり、飢えや病気で死んでいきました。生き残った人たちは棄民にひとしい状態で敗戦をむかえたのです。

見つかれば銃殺されるひどい迫害のうちに現地人と結婚したりして、なんとか生きのびた人たちはだんだんに現地人化していきました。バギオは日本と気候がよく似ていますので、日本のほうれん草、大根やごぼう、いちご、花などをつくって売り、ほそぼそと生きてきました。迫害と貧困のなかで一世は老い、二世三世の代になりました。混血の彼らの国籍はフィリピンです。

私はある年、旅行者としてバギオの修道院を訪れました。そのとき日本人の血をひいた彼らのみじめな生活が心にやきついて忘れられず、ミッションスクールの教師をやめて、願ってこの地に来たのです。もう十年以上たちました。

混血の彼らは頭がよく勤勉ですから、教育すればのびる力を持っています。教育親とでも申しましょうか、今は多くの日本人に支えられて、高校から大学や専門学校に学ぶことができるようになりました。

ただ貧しさから救うだけでなく、フィリピン人として役に立つ人を育てるため、私は一生ここで働きたいのです……」

予定の時間はすでにすぎたのに話はつきない。

日に焼けた端正な顔にきざまれた深いしわにも、リューマチで曲った指にも辛苦のほどがしのばれ、明るい瞳と爽やかな声に情熱がこもっている。私は胸に一本の杭を打ちこまれたような感動をもってバギオをはなれた。

年月は流れたが、修道院のたたずまいとシスター・テレジアと日系人のことは忘れることがなかった。

先日思いがけずシスター・テレジアに再会することができた。学ばせた子女のなかにはドクターや歯科医、ナース、技術者も育っていると目を細められた。今は日系人だけでなく、フィリピン人や原住民の子女にまで援助の手を拡げられている。

貧困はどの国の人にも辛いことですし、教育に人種の差別はありませんとおっしゃった。

私はあの川を下っていったイゴロット族の部落で会った、やせた人なつっこい兄弟や、街角でサンバギータの花や一本の煙草を売る少年や少女を思いうかべた。

十数年にわたるこの奉仕に対して今回勲章が贈られることになった。

「一度は御辞退しようと思いましたが、これは私一人のものではなく、皆様のものとしてお受けいたしました」と無造作に勲章を見せて下さった。

はなやかな勲章よりもシスター・テレジアの胸にかかった銀の十字架の方がずっしり

と重く美しく私には見えた。あじさいの花の咲く修道院で人種の垣をこえて〝人を育てる〟ために生きるシスター・テレジアにふさわしい勲章だと私は思った。

散らかし部屋

キャンパスにフレッシュマンが目立つ四月の中頃だった。

玄関に人の気配がするので出てみると、大きなチェロをかかえた青年が、ぼさっと立っていた。

「どなたですか？　何か御用ですか」と問いかけると、「食堂の掲示をみてきました。僕、室内楽クラブでチェロをやります」という。

夫がまた私に言わないで何かをやったなと思いながらわけをきいた。

大学の食堂の入口にある掲示板にクラブの新人募集のポスターにまじって、

　部屋を提供いたします。（無料）
次のことに該当する人。
一、フレッシュマンであること。

二、家庭が豊かでないこと。
三、一芸に秀でた人。
　クラブ活動を含む。
希望者は学内住宅三木へ

　こんな掲示があったので来ました。僕ではいけないでしょうかという。私の頭のなかを怒りがつきぬけた。また、やられた。夫はあの部屋に学生をおくつもりなのだ。まだ住宅難の時代だった。自分の部屋がほしい。この思いがいつも私の心にひそんでいた。

　キャンパスのはずれにあるこの家に移るときまった時、廊下のつきあたりにあるあの部屋は私が使うときめていた。戦前右翼の大物が隠棲していたときく古い家は、大きな玄関の敷台を通って客間に入ると、床の間と書院がつづいていた。杉皮を重ねた天井はうす暗くて、廊下の障子ごしの光が淡かった。茶室の天井は竹の網代で柱はどの部屋もよく磨きこまれた杉丸太、厚い檜の風呂はよい香りがした。京風のしつらえは今時得がたいが、そのままでは私たちには住みにくい。書生部屋と台所をつないでダイニングキッチンに、畳敷のトイレはタイルと水洗になった。もともと別荘風の家で収納場所も少なく、あの廊下のつきあたりの元女中部屋しか余分な部屋はない。

学生は長野県の出身、父親は中学の先生ときけば条件の一はOK、室内楽クラブでチェロをときけば三もOK、もちろんフレッシュマン。

ああ、どうしよう。クレームのつけようがない。いかにも素朴なういういしい顔をみていると私の一存で追いかえすことはできない。そうこうするうちに夫が帰ってきた。

「この方からお話きいたけど……」というのに夫はさっさと学生を招じ入れて、あの廊下のつきあたりに行ってしまった。こうなったら私の負けだ。学生に弱いのは夫も私も同じなんだけれど、今度だけは負けたくない。

今までだってせまいのに学生の訪れは多かった。その頃の学生たちはいつもお腹を空かせていたが（それを補うようによく勉強もした）我家は何時でも彼らの空腹をみたす用意があった。彼らと私たちの会話があり、笑い声と歌声があった。それでも、また私の部屋がないと思ったら涙がにじんだ。

描く、読む、弾く、それに小さな手仕事があれば私は満足している。そのために家中を散らかす。一つ片づけて次なんて几帳面なことができない。物をなくしたり置き忘れは毎度のこと、玄関に来客があれば絵具だらけの手で壁に絵をかく。そのたびに夫は

「あなたにはセクレタリーがいるね」という。セクレタリーはどうでもいいから、片づけないでいい部屋がほしい。

学生は、ふとん一組と古い机と本と少々の荷物をリヤカーにつんで、チェロをかかえて引越してきた。

日曜の朝、窓にほしてあったふとんは絣の藍木綿だったが、洗いざらした色が日の光をあびてさえていた。彼の生立ちがしのばれて、これでよかったのだと私は納得した。夜も図書館で勉強してくることが多かった。

毎晩九時我家では、その場に居合せた人が集まってお茶になる。そんなとき彼は故郷の町のこと、家族のこと、友人のことなどをぽつりぽつりと語った。この学生はやがてＮＨＫに就職、音楽番組を担当できそうと、この部屋から名古屋に赴任して行った。

遠縁の女子学生の次は自殺未遂の学生をあずかり、教会の聖歌隊の指揮者で自然科学を学んだのに牧師になるという学生は、夫が停年退職してこの家を引きあげる日まで、大きな体を小さな部屋に押しこんでいた。そんなことでキャンパスでくらしているあいだ私の部屋はなく、家中を散らかしていた。家中どこも私のものと思えばそれまでだけれど。

停年できっぱりと退職した夫は、生活の本拠を軽井沢の山荘に移し、三鷹といったりきたりの日が始まった。別荘地ではあったが通年いればそれなりのたのしみもあった。ここでも人の出入りは多く、はなれのゲストハウスもあるのに母屋にきたがる。私の落ちつき場所はここにもなかった。

二年目の五月、夫は病気のため帰京し入院した。末期の肝臓ガンだった。「あなたより二分でも一分でも先にゆきたい」と言っていたとおり七月の初めの日、安らかにあわただしく私を残していってしまった。夫の追憶でいっぱいの山荘での一人ぐらしはきびしすぎる。私は住いを三鷹に移した。

間もなく私も重い病気をくりかえし、一応安定しているが、どうしても人の手を借りなければ日常の生活が営めない。それが一生つづくこともいつか知った。

子供のいない私たち夫婦は甥や姪の面倒をよくみた。姉には三人の男の子がいるので、まわりの人は、その一人を養子にすると思っていたらしいが、私たちは前から不自然に子供をしばりたくないと語っていた。

都内のカトリック系のケアホームに入居することにきめた。きょうだいはためらっていたが「とめてもきかないでしょう。それにきょうだいでも一〇〇パーセントのことはできるはずはないし、まあ、近くにきめてくれてよかった」と言った。

処分できるものは思いきって処分した。ほんとうに気に入ったもの、手ばなせないものだけを残し、体にあう使いよい軽い家具を新しく注文して移ってきた。少々不自由な身には何より広い空間がほしかった。中庭に面した南向きのワンルームは池の鯉のはねる音と泉水の音がきこえ、緑の光がさしこんだ。

水墨画のための大きな机を窓ぎわに、これだけは手ばなせないリードオルガンを右に、左にはライティングデスクをコの字形においた。あとはベッドとソファと小さな茶テーブル、キッチンの前にバタフライの食卓、いくつかの椅子、明るすぎる光はブラインドで調節する。壁に好きなピエロの絵もかけた。

手に入るかと思うといつも逃げていた「私の書斎、私のアトリエ」だった。

やっとついの住処にそれが与えられた。気のむくままに描き、弾き、読む、この頃はそれに「書く」ことが加わった。だれにも気がねなく散らかすことのできる私の部屋だ。書斎だ、アトリエだ、ではない「散らかし部屋」と呼ぶのがふさわしい私の部屋だ。

「散らかし部屋」が好きな人もいる。訪れてくれれば小さいキッチンで料理もしケーキもやく。おしゃべりに時を忘れる。小さい子供も「散らかし部屋」が好きだ。帰るときいつも「お泊まりしたいよ――」と困らせる。

「あなたにはセレクタリーがいるね」とぼやく夫の声がふときこえることがある。私は「ごめんなさい」とつぶやく。

異質の世界にとまどいながら五年たった。この部屋にいるときはほんとうの私が生きていると思う。

冬の音

夏のざわめきにはまだ少しまのある頃、私は所用があってK町を訪れました。夫が亡くなってからあわただしく過ぎ去った日々、一ヶ月前の私は今の私ではなく、全くちがった人がそこにいるようでした。

夫はいつの間にか、私たちの本籍までK町に移していたのです。町役場と管理事務所で用をすませ、落葉松林をぬけて山荘につきました。

自然木に書かれた「あかしや山荘」の字のよそよそしさが目につきました。親子のようによりそった母屋とゲストハウス、白樺や空高くのびたアカシヤ、深い木立にかこまれた庭は、日向は思いきり明るく、日影はくっきりと暗く、夏の初めの風が吹きぬけていました。わずかの間に雑草が丈高く茂って、踏石もかくれてしまってみつかりません。

ぴたりと閉った玄関や雨戸、バルコニーの柵さえも「あなたなんか知らない」といいたげです。主人を失ったこの家は、その片われの私を主人とは認めないとかたくなに静まっています。張りつめていた気がゆるんで玄関の階段に腰を下ろしました。

バーベキューコーナーに消えた炭が形のまま白く残っています。

「さようなら、また来年――」

夏の終りの山荘恒例のさよならパーティーの跡も夢に似てむなしく、小鳥のさえずりも輝きがありません。あんなにやさしく快く私をつつんでくれたすべてが、モノクロームの世界に変ってしまっているのです。

帰るしかないと車にもどろうとした時、ガレージの横にほのかな明るさが見えました。いつもの年のように、ほたる袋が咲いていました。一むらのほたる袋の提灯の一つ一つに午後の日ざしが宿ってゆれていました。

「ほたる袋だけは変っていない。ほたる袋だけは私を白い目でみない」私は救われたような気持ちで、涙をふいて夕映えのまぶしい峠を越えて東京に帰りました。

夏が去り秋が来て、さりげなく過ぎていく日々でしたが、よりどころをなくした私は、慰めの言葉にすら、どうしようもない腹立ちを感じたり、ぶっつけようのない怒りが湧いて、身も心も置場がなく、納得できない思いをもてあましていました。

ほたる袋に慰められて帰って来てから初めて山荘を訪れました。

さらさらと軽い雪が舞ってきました。落葉松の落葉の上にも、人気のない別荘の庭や、低い灌木の上にも、うっすらとつもり初めました。木の幹の風のあたる面の雪は、ひとひらひとひらが小さな六角形のまま凍りつき、私の黒いマントの肩にも六角形の小さな花が咲きました。

夏の日にあんなに私を拒否した山荘でしたが、今日は素直に私をむかえてくれました。だめならホテルに泊まろうと思ってきたのです。

居間のストーヴをつけてから、雪も風も強くなった外へでました。私だけの足跡をきざみながら、夫とよく散歩したサンセットの丘に立ちました。降りしきる雪、空に鳴る風のなかからフォーレのレクイエムが高く低く押しよせるようにひびきます。

「いつまでもしずんでいるのはあなたらしくないよ。自由に生きてごらん」

夫の声がたしかにきこえました。凍えきった体の底から何か暖かいものがあふれてきました。たそがれと雪が結びついたシルバーグレイの海をおよぐように山荘にたどりつきました。ストーヴの炎を見つめていると忘れていた安らぎがもどってきて、語りかける夫の声がきこえ、答える私がいました。

どの季節より冬が好きでした。ことにK町のきびしい冬が好きでした。

八月も半ばをすぎると、近所の別荘の雨戸が今日一軒、明日三軒と閉されて、子供の声や車の音がいつか消えて秋が深まります。霜が降りると木々は今までしまっていた絵具を取りだして、木の葉を思いのままに染めてしまいます。私たちもそのなかで木の葉と同じようにとりどりの色に染まってしまうのです。一夜木枯しが吹きすさぶとはなやかな色の宴は、冬の静寂に吸いこまれて枯木立と凍った大地とるり色の空のK町になります。

夫とすごした冬の日は取りたてて言うこともないし、お互いに何を考えていたのか、今はおぼろですけれど、きびしいK町の冬の自然と山荘の生活は一つの調和を保っていました。

低い山と木立に守られて家に当る風は軟らかく、お天気さえよければ高原の日光はやさしく私たちを暖めてくれるのです。深くすんだ空や、雪の峯の下にゆるやかに裾をひくA山の姿を見ているだけでみちたりるのでした。夕映えの輝きが茜から紫になり藍色に変り、空一面の残光が思いがけない早さで落ちるまで、風のそよぎも雲のたたずまいもこのひとときだけの大切なものに思われます。

月も星も空に凍りつくような夜、ストーヴのそばで私は編物をしながら、空に鳴る風の音のなかから、遠い北の海の海嘯《かいしょう》の音や、流氷の割れる音、海鳥の鳴く声をきくことがあるのです。山の奥深い洞窟で妖精たちがつららをたたいて奏でる音楽をきくこともありました。みしっ、みしっと寒さで家がしめつけられる音、こつん、こつんと啄木鳥が木をたたく音、かすかな動物の足音もきこえます。冬の夜はいつもきこえない音がきこえるのです。

「あなたをつかまえていないと、どこかへ消えていってしまうような気がする」

ある夜夫はこんなことを言いました。私にきこえない何かが夫にはきこえたのでしょうか。

めったにないことですが、暖かいなと思う夜のあと、すべてが透明に光る朝がきます。木の梢に宿った露が凍ってしまうのです。きらきらと朝の光に輝くとき、光は光を呼んで木はそのまま光のオブジェになります。ぴゅうーと風が一吹きするごとにチロチロと鳴ります。風が木をゆらすと梢の氷がふれあって鳴るのです。やがて高くなった太陽に暖められると、氷は雫になっておちてもう光の音楽はきこえなくなります。

冬も終ろうとする頃、日だまりの枯草の上に腰を下ろすと、土の下からもぐらや蛇のあくびがきこえるような気がします。

「湖の氷がとけて鯉のはねる音がきこえるよ。週末には来られるだろうね」はずんだ声で東京の私に電話がありました。春を夫も待っていたんですね。

Ａ山の雪が裾から消えて、小川に雪どけ水が音をたててあふれ、花々が一度に目覚めると、落葉松の梢も日毎にふくらんで赤くなり、ある朝、軟らかい黄緑がぱっとはじけるように芽ぶくと、小鳥もオーケストラを奏でてもうすぐ夏がきます。

風の物語りも大地のささやきも、夫と私の語らいも春とともに消えてしまいます。

今はＫ町を訪れることもなくなりましたが、一人ですごす冬の夜、木枯しの音のなかに、おりおりの音がよみがえります。

聖隷ホスピスを訪れて

若い友人嫩葉さんは自分のガンを視つめながら、自ら選んだ札幌のホスピスで、両親の手にだかれて命を閉じた。K大学で教育学を学び母校に勤めたあと、再び聖路加看護大に入学、卒業後は大学院に学びながら、終末看護、老人看護、看護教育に強い関心をよせ、論文を執筆中だった。医学と看護と医療のあいだで、嫩葉さんの資質と人柄がどのように生かされるか、彼女を知る私たちは大きな期待をよせていた。五年にわたる闘病生活はそのまま、学び、働き、教えた命の燃焼だった。

新島夫人は入退院をくりかえしながら、死の一週間前まで「目はみえない。でも耳は大丈夫」とオルガンのレッスンをつづけた。発病時は私と同じ膠原病の一種で症状もよく似ていたので、私は私の主治医に「オルガンひけるようになるでしょうか。私のようになったらプロとしては……」ときいた。「大丈夫だよ。今はいい薬もあるし、人によってちがうから」というのを彼女に伝えて励ましてきたのに、肺ガンを併発、膠原病の苦痛のかげでガンとは知らずよくなると信じていた。

最後になったレッスンの日、夫人はその夫の手の上に乗るほどに小さくなっていた。

「どうしましょう。レッスンは御無理ではないでしょうか?」ときいた。

「比和子がすると言っていますから」と夫は言った。新島夫人の耳は鋭く、この日もかすれた声をしぼって的確に注意した。けれどいつもはその後で必ずもう一度ひかせるのに「今日はこれでね」と目をとじた。

菅氏は二年あまりの闘病の末、「お母様ごめんなさい」と言って亡くなった。妻と二人の子供とやりたいことをたくさん残して無念の死だった。精神医学者であり重度の知的障害者の教育者であった彼の父も自分のガンを科学者の目で確かめつつ先年なくなり、彼はその末期をみとった。ガンに冒された彼は父のように科学者としてその死をむかえたいと願いそのように逝ったことは、追悼文集『黄昏』にくわしい。

自然と人間の営みに暖かい目を向けていた地質学者であった。夫の遠縁につながるこの人は、都会をきらってK町に住みついていた。おりおりの思い出は私のK町の思い出と重なって悲しい。

最近、この人たちだけでなく、ガンによって若い命を失う人たちが私のまわりに何と多いのだろう。老いも死も身近な問題としていつも心にかかっている。人がその命を終ろうとするとき何ができるのか。自分の命の終りの時をどのようにむかえるのだろう。こんな思いを持ちつづけていたので、教会の青年会のホスピス訪問のことをきいて同行させてもらった。

浜松にあるこのホスピスは日本で初めての施設で病院に併設されている。有料老人ホーム、特別養護老人ホーム、養護老人ホームを含む大きな総合施設の一部である。

同行したのは二十代二人、三十代一人、高齢の私の四人。ホスピスの創設者であり、園長、牧師である原博士の厚意で有料老人ホームのゲストルームに泊めていただいた。

前夜は原博士と夕食をともにしながら、主にガンによる終末ケアについて話をきき、深夜に及んだ。朝一通りホスピスを見学してからあなたたちを信頼してと、特別なはからいで二人の方と面接して自由に話すことを許された。その手はずを整えて、「日曜日は牧師になります」とでかけられた。

M氏は五十歳くらい、地元浜松の高校の先生である。奥様も同席して下さったことで、私は夫を亡くしたときのことがよみがえってきた。気がついた時は末期の肝臓ガンで手のつけようがなかった。死をむかえるまでの二ヶ月あまりのつらさ、すべては真実を告げていなかったからだった。お互いに大切なことにふれないで、むなしい労りあいのお芝居をしていたのだ。

告知されなくてもその頃の夫の言動を考えれば、知っていたとしか思われない。もう一歩ふみこんで真実を語ることができたら、二人で苦しみながら、もっと心の通った終末があったのではないかと悔まれる。昨夜のことを原博士に話したら「あなたの決断で告知することはできたはずです」とおっしゃった。

「お二人でお知りになってよかったと思われますか？」とおききした。

「どんなことでも相談することができるし、自由に話すことができます。私たちにはガンとか死という言葉はタブーではありません」とはっきり答えられた。M氏は「何となく知ってしまいました。なぜ自分だけがと苦しい時もありましたが今は……」と言われた。

専門の国語教育のことから美しい日本語についての意見や、受験制度についての批判を語るときは、若い同行者をちょっとためすようなことを言われてたのしそうな目をなさる。

宗教については目下原博士と論争中で、宗教そのものは否定しない。キリスト教については理解はするが、まだ自分のものにするまでには至らない。原博士とはまだやりますよと、ベッドで点滴をつづけながら気力は充分である。

「私は窓をあけて、風に吹かれながら、こうしてゆたんぽを入れて、毛布にくるまっているのが好き――」

F子さんの部屋に伺ったとたんに、こんな言葉とさわやかな笑顔でむかえられた。私たちは言われるままにお茶をいれたり、お菓子をだしたりして落ちついて腰かけたところで、何だかおかしくなって顔を見合せて笑ってしまった。

アメリカ在住の方であちらで告知されて自ら選んでこのホスピスに入られた。押しかけ入園です、と言われて肩をすくめられた。入園早々の大出血でほとんど絶望とみられたが、手術をして今は小康を得ておられる。手術は原博士の決断によるとのこと（ホスピスは終末看護なので原則として積極的治療はしない）。私は小さな可能性をみすてず治療にふみきられた原博士の決断がうれしかった。

クリスチャンである彼女はすべては主のみ心のままに、その日まで生きるとさりげなく言った。同行者の質問に微笑をたやさず答えているのを聞きながら、告知されてただ一人母国に帰ってきたF子さんの望郷の心をみた。

ベッドサイドの壁に小学生と中学生くらいの少年と少女の写真がピンで止めてあった。父親に似たのか金髪のまき毛が肩にかかり、あどけなくもの言いたげな表情だ。

「夫は仕事の関係で日本で生活することはできません。子供たちは日本で生活することは無理でしょう。すべてが終ったら私はやはり夫と子供の住むところに帰って眠ります」

そう話すときのF子さんのきびしい顔と遠い目を私はみた。

M氏のきびしい表情のなかにうかんだひとときの目の輝きとやさしい笑顔、F子さんの明るい笑顔のなかを走ったきびしい表情を、私は忘れることはないだろう。

この二人の他にも生命をここにゆだねて、そのきわみの日まで生きる人は十数名、それぞれの心を推しはかることはむずかしい。

原博士は「ホスピスでは医師と患者、看護婦、カウンセラー、家族、ボランティアを含めて立場は異なっても対等でなければならない。希望を失わず、最後までその命を燃焼させ、安らかにその時をむかえるための助けをするところ」と言われた。

子供のために童話を書く人、信仰にゆだねる人、その日を静かに待つ人、さまざまな生のきわみの姿がある。信仰を持つ持たないはその人の自由だけれど、このような施設を運営する立場の人は真の愛（アガペー）を基本としなければなりたたない。その意味で宗教は欠くことのできない強さを持っていると思う。

死の受容は個人によって、国によって、宗教によってもちがう。生れた時すでに死は私たちのものなのに、私たちはその時まで無関心に過ごしている。末期のガンでは好むと好まないにかかわらず、その時を示されてしまう。同じ死であってもガンによる死と老いによる死とはちがう。私は今老いとよばれる年になったからそう思うのだろうか。老いの死は自然に納得できるように思う。

ガンは多くの可能性を持った若い人からすべてをうばう。子から親を、親から子を、妻から夫をうばい取ってしまう。末期の苦しみは本人はもとより、まわりの人も同じように痛ましい。M氏もF子さんも想像できないほどの、肉体的、精神的な葛藤をこえて今の心境を得られたのではないだろうか。

ホスピスに入ることはすでに末期のガンを告知されていることである。知った方がいいのか、知らない方がいいのか、その人によってちがうし、むずかしいことだけれど、私個人としては知らしてほしい。どんな見苦しい態度をとるかわからないが、言われなくても感じとると思うし、いつわりのなかの死は納得できない。

死を恐れ苦しむのも人間の姿ではないか。残された時間は、知らないでその時をむかえるより、生きた時間になるような気がする。生きること、死ぬこと、何ということのないあたりまえのことかも知れない。だからこそ人間としての真実を大切によく生きたいと思う。

死期の迫った野生動物はひそかに密林や山奥に入って死をむかえ、他の動物にその姿をさらさないときいている。人間も生物の一種だから、そのような死が私には望ましい。自然の命を大地にかえす野生動物はしあわせだと思う。

医学の進歩は人に大きな光をもたらした反面、人間本来の姿をそこない本人にも家族にも苦痛だけが残ることもある。現代の医療に肌寒さを覚えるのは私だけではないだろう。

この訪問で得たものは大きい。何よりもホスピスの創設者から直接話をきき、入園中の二人に親しくお目にかかって話をきくことができたことで、間接に本やテレビで知ったこととちがった大切なものをたしかに感じとった。

春になって私は三ヶ月あまりドイツですごした。帰国して留守中の郵便物の山の中に一冊の本をみつけた。緑の濃淡で装丁されたその本の名は『嫩葉《ワカバ》』。ずしりと重いその本を手に取って、出発前に私も一文を寄せたことを思い出し、そのまま読みはじめた。嫩葉さんの生立ちからその折々に親しかった人の追悼文と、彼女の論文や手紙、写真など、編者である父上や家族、友人が暖かい目で彼女を語っている。私は泣いたり、笑ったり、怒ったり、私の知らない彼女をみつけて、ああ、こんな嫩葉さんもいたんだとびっくりしたりで夜があけた。

そのなかで嫩葉さんが友人にだした手紙の一節にこんなことが書いてあった。私も同じような手紙を二年程前にもらっていた。

「自分がガンになって初めて、今まで自分がよいと信じてやってきた、押しつけられた看護と医療がどんなに空しいことかを知った。

あなたのためにと押しつけるのではなく、いっしょに考えてその人の立場にたつ医療と看護でなくてはならないのに、ドクターもナースも善意でいながら、どのくらい患者に苦痛を与えていたことか。許されるならば、命のあるかぎり私は自分が苦しんで得たことを生かして働き、看護教育にも心をつくしたい。でももう時がありません」

両親は娘をこう語っている。

「嫩葉はきびしい道を自ら選び、病気になっても親に甘えようともしないで、自ら選んだホスピスに入った。でもホスピスの二ヶ月は幼い時のように私たちに甘えてくれました。今までの分を取りもどすように、そして私たちにだかれて安らかに息を引きとりました。親として甘えてくれたことが救いでした」

「嫩葉という字がむずかしいと一生うらまれていました」ともあった。

若い夫婦が初めて生れた娘に季節にちなんでつけた名「嫩葉」はいつまでも嫩葉のまま私たちのなかに生きている。彼女の親友のYさんは、

「いつも真実を求めていた。学問も宗教も、自分の生きる道すべてに、嫩葉さんは永遠の求道者であり、たしかな目の傍観者でもあった」と書いている。

ホスピスを訪れて数ヶ月たった。先日何げなくテレビのスイッチを入れたら、聖隷ホスピスの一室がうつしだされた。M氏を評論家立花隆氏が訪れてベッドサイドでの対談だった。点滴を受けながらあの時と同じように、きびしいけれどすべてをまかせた寛ぎのようなものが私に伝わった。それから場面は医者、看護婦やケースワーカー、医学生、宗教関係者も含めてのディスカッションに変った。「生と死と医学」についてそれぞれの立場から意見をだし考える番組のようだった。

プログラムが終ったあとでM氏はこの日の数日後に亡くなられたと放送された。

私は急にF子さんのことが気になった。いっしょにホスピスを訪問した一人に電話を

した。

「私もあのテレビ見ました。F子さんのこと心配になったので原博士にお話しました。彼女は手術のあと奇跡的に体力を恢復されたので、M氏が亡くなられる前に、御主人とお子さまのところへ帰られたそうです。帰られても少し時がのびただけということを彼女はよく知っている。先生が、この時をはずしたら彼女は夫ともあうことができない、と思っておすすめになったみたい。先生の決断であの手術をしなかったら、半年前に命はなかったはずね。その上御主人やお子さんのもとに帰れてよかった。これからどのくらい生きられるかわからないけれど、F子さんはその日まで最大限に生きられると思う。ホスピスでの積極的な治療の是非はこれからの問題として、私は手術にふみきられた原博士の人間性はホスピスには大切なことだと思う。私先生を尊敬するわ」と終末医療のケースワーカーを目ざして勉強中のその人は言った。

私は思う。

医学や科学の正しい進歩によって、ガンが予防と治療でもっとゆるやかな経過をとり、特別な病気でなくなった時、ガンのためのホスピスはいらないのだと。

死に至るまでのケアはどの病気にも、老いの死にも必要なのだと。

医学だけでなく、私たちの死生観をたしかなものにする、よくわからないが哲学や宗教や文学もかかわって、人間がほんとうに人間として豊かに生き、安らかに死に至る道を求めたら、終末のケアだけでなく、死の判定、臓器移植、安楽死に至る道、高齢化社会に対応する道をさぐることができるのではないかと。

旅立ち

われわれ正路を失い、人生の羇旅《きりょ》半ばにあたりてとある暗き林の中にありき

ダンテ『神曲』（山川丙三郎訳　岩波文庫）

ダンテの『神曲』を一緒に読みませんかと誘われたとき、私は一瞬たじろいだ。

幼いときから本好きの私は、家にある本を手あたり次第よんでいた。造りつけの本棚は三方に棚があり、その真中は子供が腰かけるとすっぽり納まって、足をぶらんぶらんさせながら本を読むのに都合がよかった。

学校から帰るとさっさと二階に上っていく。本をよむのはもちろんだけれど、物語の主人公になってしまうのだ。『小公女』のセーラ、ジャンバルジャンに人形をもらうコゼット、いつまでも子供でいるピーターパン。それだけでなく自分でつくった物語のなかで、妖精にも海賊にもなって、自由に何でもできる、私だけの世界にひたることができ

た。

「みっちゃん、みっちゃん。また二階だ、しょうのない子――」母の声がきこえても私はおいそれとこの世界から出ていかれなかった。その母がなくなり私は少女時代をむかえた。足をぶらんぶらんは相変らずだったけれど、心は急に大人に近づいていった。

何でも読みたがる子のために母が用意した小学生全集や児童文庫も、そのなかでよんだ「小僧の神様」や「耳なしほう一」で志賀直哉、小泉八雲を知っていもづる式に私はよみすすんだ。母の意図は逆効果だった。そこにあるがままに日本文学全集に手をのばした。

その日もいつもの通り二階で、私はあれこれひっくりかえしていた。世界文学全集は父がよんだのか、亡くなった姉がよんだのか、手ずれがしてぬくもりがあった。そのなかに背文字の金がまだ真新しいような一冊があった。

取りだして見ると、ずっしりと重いその本にはダンテ『神曲』と背文字があり、何かいわくありげで私をたじろがせた。手に取っただけでその名におされたか、厚さにおそれをなしたのか、もとの場所にもどして二度と手にとることはなく、本は家とともに戦火のなかで消えてしまった。

大きく時代は移って平凡な一人の女性にも時の流れとともに、それなりの変化があった。

本棚に腰かけて足をぶらんぶらんさせながら空想と現実のはざまにあそんだ少女も、今は老いの現実を目をみはる思いで味わっている。幼い日によんだ本は、折にふれて泉のように湧きでて何かを語りかけてくれる。消えたかに思ったあのダンテ『神曲』はふとよんだ本のなかに引用されていたりして、ああ、この言葉があの本にあったのかと気がつく。いつかみた外国の映画の一場面にも「お母様の大切な本なの――」というのはこの『神曲』だったし、ミステリー小説のテーブルの上にさりげなくおいてあったのもこの本だった。そのたびに手ずれのしていない、背文字のあざやかなあの本の重みがよみがえった。

初めてこの本と出会ったときと同じようなたじろぎを感じながら私は『神曲』をよむ会に加わった。

「テキストは少しむずかしいけれど、格調高く原文の三行詩をそのまま訳している山川丙三郎氏のものを共通に、外に一人一冊ずつ他の人の訳のものを、よめる人はイタリー語でも英語でも、ゆっくりやっていきましょう。味わい深くつきない面白さがあるはずです。神曲というので重く思うかも知れないけど……」と初めの日に言われた。

ダンテが人生の羈旅半ばにして……と歌ったとき三十五歳だったそうだ。大きな悩みをいだいて暗い林のなかに迷いこんだところから『神曲』の旅ははじまる。私は人生の旅の半はとうにすぎて、老いの入口にさしかかり、一つの転機の時にあった。正路を見定めることができず、暗い林のなかをさまよっていた。私はダンテと道づれになった。

S氏はこの難解な本をみごとに私たちの心のなかに植えつけてしまった。やさしい言葉を使いながら格調高く、たんたんと語るがこの本の生き生きとした魅力が、私たちをとらえた。雑談になることもあるが、いつの間にか『神曲』の世界にもどっていく。私の幼稚な質問にも納得のいくように、時には余韻を残して考えさせたりもする。専門に勉強している人の質問は鋭くて、思いがけないところに発展して私は目をみはる。S氏は言った。

「世界中でこんなにていねいに『神曲』を味わってよんでいるのはここだけかもしれませんよ」

晩春の午後だった。雨上りの空はつきぬけるように澄んで、光を含んだ風が快かった。「外でよみましょうよ」だれともなく言って八重桜の下の芝生に座った。地獄篇の十三曲だった。ここは自らを虐げる人のおちる地獄である。荒涼とした葉のない木立。先を折ると何事かをつぶやきながら滴る血のしずく、自殺者ピエールの亡霊がとじこめられている。その身の上をきくダンテ。うららかな花の散る下でよむこの曲はすさまじかった。救いのない地獄篇はどの曲も、血の色と強い原色に彩られて恐ろしく、悲しく、おぞましいが、思いがけないところに美しい風景や比喩があり、皮肉とユーモアが息づいている。

導師ヴィルジリオに対するダンテは幼い子供のように彼をたより、甘えともなって微笑をさそう。気を許せばよりかかりそうなダンテを、いかにも年上らしく、ちょっとたしなめてみたり、じらしてみたりするベアトリーチェはチャーミングな女性だ。

よき師ヴィルジリオとあこがれの女性ベアトリーチェに、教えられ、はげまされて、いくつもの危機を脱してダンテは煉獄《れんごく》へとすすむ。

おどろおどろと恐ろしく暗い地獄からたどりついた浄火の国は、闇の向うにほのかな光が見え、かすかな歌声がきこえる国である。つぐなうことによって救いのある国は読者にも明るい希望を与えてくれる。ここでヴィルジリオは去ってベアトリーチェ一人がダンテの導き手となる。ベアトリーチェは、ダンテを時には母のようなやさしさで、時には手きびしくつきはなしながら天国に近づいていく。

傷ましい事件があった。ある老英文学者が孫に殺された。学問や人生に対する筋の通ったきびしさには、おかしがたいものがあったが、おだやかな方とお見うけしていた。

「僕がまだ学生だった頃、バスを待っていたらY博士がいらっしゃった。こちんこちんになっている僕に、君、何を読んでいるのと、読んでいた本をのぞかれた。それが新潮社の生田長江訳の『神曲』でね、その時訳者の名を知らず恥かしくて、それからなんだ、僕は本を見るとしっかり著者は、訳者は、出版年代は、発行所は、と確めるようになったのは。あのとき『神曲』は山川丙三郎の訳がいいねとおっしゃったのがきっかけで山川訳の『神曲』を読んだり、高校時代から私淑していたY先生に直接教えを受けて英文学が私の一生の仕事になりました。赤い色のネクタイをいただいたので付けていると、君、ネクタイの色が赤すぎるねと御注意されたり、お行儀まで教えて下さって、かけがえのない恩師なんだ」とS氏は声をつまらせた。

「SはY博士しかこわい人がいないの。頭のおさえ手がなくて困るわ」とS夫人がほんとうに困り切ったような顔をされた。Y博士はS氏のヴィルジリオだったのだと思った。

ダンテとともに『神曲』の世界の旅をつづけてやっと天国篇にさしかかった。この年月のあいだに私も人生の転機をいくつか乗りこえて、安らぎとも言えるものを感じるようになった。

私のヴィルジリオS氏に導かれた『神曲』の旅の道づれもそれぞれよき友、よき師だった。八年の年月がたっていた。若い人は自らの旅に巣立ち、新しい人が加わり、常時十名程の人が集まった。初めからの同行者は今二人になった。

「もうすぐ終るのに残念です。でも僕のいく仙台の大学には、山川丙三郎氏のダンテ文庫があるんです。一生研究をつづけます。読み終ったら呼んで下さい。祝杯をあげましょう」といつも鋭い質問で私たちをたのしませてくれたTは、四月のはじめに東北の任地に立った。

甥がフランクフルトに三年の予定で赴任することになった。滞在中に二、三ヶ月の予定で来たらと誘ってくれた。フランクフルトを基地にしてヨーロッパの旅ができる。フランスやスイスの友人の顔がちらつき、ゲーテやヘッセの国、いつのまにか私は行かなくてはならないと思いこんでいた。

謙譲のばら刺つきだし
温順の羊、おどしの角出す。
ひとり白ゆりのみ、浄愛の欣びに住し
刺もおどしも　輝くその美汚す無し
ウィリアム・ブレイク

私のもう一冊のテキストは寿岳文章氏の訳だ。この本にはブレイク独特の解釈による挿絵がある。この詩は天国篇の扉にかかれてあった。天国の門をくぐりながら、今フランクフルトへ行ってしまったら、私は汚れなき白ゆりを見ることができない。S氏におききしたら、今年中には終りますよとのこと。汚れなき白ゆりをたしかめなくては、地獄も煉獄もないではないか。今だって『神曲』の世界はおぼろである。わかったとは言いがたい。美しき汚れなき白ゆりを見いだしたとき、今までの旅がどのような意味をもつのだろうか。私はそこまで行かなくてはならない。

ダンテとの『神曲』の旅が終ってから私はもう一つの旅に出よう。その前に私のこの世の旅が終るなら、それはそれでよいと心がきまった。

『神曲』を読み終ってから行くヨーロッパと途中で行くヨーロッパとは同じではない。ヨーロッパの宗教と文化は『神曲』の世界にも深いかかわりを持つ。期限をきることはない。私のヴィルジリオと同行者たちと最後までじっくりと読みとおそう。読み終った、その日が、フランクフルトだけが目的ではない私の新しい旅立ちの日になるはずである。

天窓のある部屋より（I）

ゆるい傾斜の西の屋根に二つの大きな天窓のある部屋でのあけくれ、もう二ヶ月目に入りました。

ドイツではたいていの家には三階にこのような部屋があります。朝この窓から見える空で今日のお天気を知り、太陽のさんさんとそそぐ昼になって私は今まで着ていたカーディガンをぬぎます。森の向うに日がかたむき、星がまたたくのは十時をすぎています。雨の音、風の音、雷の音と光、みなこの天窓から来るのです。東京はそろそろ梅雨ですね。

私がフランクフルトについた朝、街は霧のような雨に静かにぬれていました。次の日からは、すべてが光のなかにあるような五月の日でした。

りんごやあんずやリラの花が開き、どこの窓にもとりどりの花が咲きみだれ、野にはかれんな小さな花がやさしい風にそよいでいました。人びとはこの日ざしをいとおしむように肌をあらわにし、戸外の生活をたのしんでいました。

六月になって急に寒さがもどり、フランシスコ修道尼会の世界総本部のあるミュンスターの聖フランシスコ修道尼会を訪れた時、ゲストルームは一日中暖房が入り、滞在中ずっと私について下さったシュベスター・フランセスと街へ行くときはコートをきていました。ボンボンを口にしながらシュベスター・フランセスと肩をよせあって十二世紀がまだ生きているような街を歩いていると、私は昔からここに住んでいたような不思議な気持ちにとらわれてしまいます。

成田空港でお別れして飛行機に乗る前からもう私は異国人でした。日本人らしい人は見あたらず、日本語のアナウンスもありません。それなのに何とくつろぎにみちていたことでしょう。

「ここにいる人はだれも私を知らない!! 私は私になることができる」

こんな私をあなたはどう思われますか。

フランクフルトからアウトバーンで二十分ほどの小さな町ズルズバッハに住む甥の家族の生活の流れのなかで、近くの田舎の町のフェストに行って、パレードについて教会に入り素晴しいグレゴリオ聖歌をきいたり、この家の娘の通う学校の学校祭は日本の運動会の趣《おもむき》、家族ぐるみでビールやワインをかたむけ、ケーキやコーヒーをたのしむ人の群にまじりました。

マインツからライン河を溯るドライブも目を見張らせます。広い平原の向うに森がうかび、空を突きさすような鋭い教会の塔とドームを持った古い城の壁をかこむように街が広がります。落ちついた街のたたずまいやそれらの教会や古城は、私を中世につれもどします。森と古城と街は、いくつも現われては消え、消えては現われます。

くずれおちた城壁や道祖神に似た道端の聖者像、村娘のようなマリア像に私は奈良をさまようような親しみを覚えることもあります。

週末の小さな旅の日に日本の私がだんだんに遠くなり、新しい私が生きているような気がしてくるのです。こんなことを書いていてもきりがありませんので、私が経験したドイツの生活の一断面をお知らせしましょう。

「食事前に私の牧草地を見にゆきませんか」

甥の友人のO氏のライン河にそったビンゲンから更に奥まった山荘に招かれたとき、O氏夫妻は私たちを誘いました。山荘から車で五分、ついたところは見渡すかぎりの草原でした。

「あそこにある大きな木はさくらんぼです。もうすぐたくさん実がなります。向うの並木はりんご、フランクフルトに住んでいる人が持っているのですが、取りに来ないので秋には私たちでいただいています。あのあたりまで歩きませんか?」

長い日がやっと傾きかけて、軟らかい光のあやが丘や森の上にたゆたい牧草地は、白、紫、ピンクなど小さな花々が咲き、野生のマーガレットの少し大きい花がゆれています。

「この黄色い花はブッターー(ドイツ語でバターの意)の色、紫のはベルフラワー、大きい白いのはマーガレット……」と言いながらフラウOは花をつんでいます。

「美しい……」と私が言いました。

「あなたのために……」とまた花をつみそえて花束をつくりました。

広い草原に私たち五人だけ、午前中に降った雨で大地はしめって軟らかい地球の感触です。森の左側は谷のようにくぼみ、その向うに山と森が重なり、そこには今まで見なれた高い塔も古城も街も見えません。のびやかな広がりです。

りんごの木の下で私たちは牧草地のたそがれにしずみこんでいました。

「おやっ、何かしら?」森の前を横ぎる影をみました。

鹿です!! バンビです!! 一匹、二匹……一瞬のことでした。風を切るようにその優雅な姿は消えてしまいました。

山荘にもどると野外の炉に赤々と炎があがり香ばしい匂いがしてきました。男性たちはバーベキュー用のグリルで、肉やポテトやソーセージをやき、ワインやビールをかたむけて談笑しています。私たちも骨つきの肉をかじりました。

くれなずむ空の下で勢よく燃える火に暖まりながら大勢でとる食事は、古代人になったような気がします。隣の別荘に来ているO氏の兄さん夫婦は静かにベンチでワインを飲み、フラウOの友人夫妻と男の子一人、甥の男女一人ずつ、O氏の三人の男の子たちも木ぎれを持って来て燃やしたり、ポテトやソーセージを食べたりしてはしゃいでいます。週末は子供たちも少しおそくまでおきているのを許されるのです。

こんな週末は特別なことではないのです。O氏は平均的なドイツの生活をしている人と私は見ました。この山荘も五年がかりで友だちの助けをかりて建てていて、まだ未完成とのことです。週末を友だちとこつこつと仕上げていくことがO氏一家のたのしみなのです。甥も協力者の一人で、今日も子供たちと野外用のテーブルを造りました。長いたそがれが去って星が一つでました。

「兄が暖炉に火を入れたから、来るように言っている。帰る前によらないか」と言われて私たちはご挨拶にゆきました。

ノックをすると静かに部屋に招き入れてくれました。暖炉に赤々ともえるテーブルの上のキャンドルが室内をほのかに明るくしているなかで、お二人はゆったりとソファに座っていました。どのような仕事をもった人かわかりませんが、中年をすぎた夫妻のこのひとときの姿に、しっかりと生活に根を下ろした、ゆとりのある時の流れと、私たちとは異なったドイツ人の持つ心の陰影をみたような気がしました。

きりっと空をつきさすような教会の尖塔や古城の跡、黒い深い森もドイツ人の持つ心の陰影を語るようにも思われるのです。

あなたとヨーロッパをじっくりと旅をしたいですね。そしてこのことについて語りたいですね。今日はこのへんで。

アウフ・ヴィーダーゼーン！（さようなら）

天窓のある部屋より（Ⅱ）

さち子さん、長いお手紙くりかえしよみました。私が思っていた通りお母様の御病気、それにかかわる御家族とのかかわり、四月に転勤なさった学校のこと、あなたの重荷がずっしりと伝わってきます。

天窓のある部屋の生活も終りに近づきました。午後になると窓の大きさだけの光の長方形が床にできます。乾いた空気のせいか暑さは感じません。私は天窓を額縁にして向うの森や、近くの家の屋根や窓、空の色や雲のたたずまいに晩春から真夏に移る日々をえがき、夕を告げる教会の鐘の音や、ガラスを打つ雨の音をきき、室内にまで光る稲妻と雷の轟音に目ざめ、その美しさに眠りを忘れて暁のやさしい訪れをむかえました。この部屋にもズルズバッハの町にも隣町のバッドゾーデンにも去りがたい親しみを覚えます。

この家の子供たちは夜になると、

「おばちゃん、今日はまあくんが蓑虫だよ」とシュラフザックをかかえて三階にやってきます。シュラフザックから顔を出したところが地面に落ちた蓑虫に似ているのです。

「今日はミカが蓑虫になるの。おばちゃん、二階に来てね」という夜は私が枕をかかえて出張、ミカのベッドにねてミカが蓑虫になります。子供たちの目的は私のめちゃめちゃ話（初めはまともな話なのですがいつのまにか私の作り話になってしまう）や、「お父さんの小さい時のおはなし」にあるようです。

ドイツ・シューレ六年生のミカは三泊四日の合宿から帰って来て、

「ねえ、おばちゃん、お友だちがミカの鼻をつっついてカインナーゼっていうの。昨日ベッチーナがカインナーゼって鼻にキスしたの。それからみんなで鼻のキスがはやっちゃった」おでこより低い鼻が可愛いいというみたいで、この頃は家でも彼女のことをカインナーゼと呼びます。

「まあくんね、幼稚園に初めて行ったとき、ポッポッって汽車のまねをしたら、みんなが笑うの。ポポっておしりのことなんだよ。それからピッピッっていったら、ピピっておしっこのことなの。面白いね」

彼は私の散歩相手で森のなかのカトリックの教会に入ってローソクをあげたり、保養地の公園で小さな泉をみつけたりする小冒険を喜び、スーパーマーケットや郵便局で通訳もやってくれます。彼のお目あては私が疲れてよる街角のカフェでアイスクリームを食べることなのですが、美術館や博物館も案外好きで、私が一人で行けるようになってもついてきました。彼の父親である甥の幼時とおどけ顔がそっくりです。二人の子供のちょっぴり甘えた声や身ぶり、かすかな土と太陽の匂いを持ってそばに来るとき、孫をもたない私にも孫ってこうなんだと思わせます。それにこの頃は飼猫のブロンディまでが私にすりよって猫語で何か語りかけるのはどうしたことでしょう。私を準家族と認めたのでしょうか。

夫が亡くなってから二十年あまり家族を持たず、ケアホームに住む私には、そこ以外に私の家はないはずなのに、こうしてこの一家の準家族のような三ヶ月を過ごしてみると、家と家族の持つ味わいに酔いそうになります。

子供を中心におこるさまざまなことはほほえましく、いたずらがすぎた雅比古が父親につかまえられて、宙づりになって叱られている時も、小さかった甥がこんなにたくましい父親になったと見なおし、私の目からも中年の貫禄充分です。ところが彼の妻あさよさんが加わると、三人のあいだに微妙な何かが生れます。

たとえばこんなことなのです。週末の小さな旅の途中でよった古い街で、しゃれたお店のウインドーをのぞいたり、広場の人に交って夕風にふかれながら、辻音楽師の奏でるフルートに耳をかたむけたりしていました。「果物が買いたいわ」とあさよさんが言いました。街の中心にあるこの広場に生活の匂いのするようなお店がありそうもありません。どこか横道に入ったらあるかも知れないと私たちはホテルに向かって歩きはじめました。途中で急に立ち止まったあさよさんが言いました。

「裕司さんもおばさまも、ここで待ってて下さい。私一人で探します」

「そんなことを言っても知らない街の真中で待っているのも辛いことだし、あさよだって見当のつかないところを一人では不安だろうし、こちらも心配だ。いいじゃないか。もう少し探してなければないで――」と言う甥に、「おばさまも裕司さんも、さっきから不機嫌な顔でついて来る。それなら来ないで下さい」ときつい顔がふりむきました。

何ということを言うのでしょう。気どりのない裏通りは人があふれ、お店のなかに入ると中庭を通って次のお店につづいたり、人々の顔までちがうようで面白いなと思っていたのですから。疲れてはいましたけれど。

「あさよさん。もう一つ向うへ行ってみない、あるかも知れないわ。なかったらあきらめましょう。明日、朝市がたつわ」ともう一つの角を曲がりました。

ありました！　台の上にりんご、トマトや大きなきゅうりを並べたお店が。

「あった。よかったわね」とかけよる私を見る彼女の顔に私はたじろぎました。

気の強いあさよさんは自分の考えを押しつけることがよくあります。それが思い通りにならないときは、必ず人のせいにするのです。子供にも同じで、レストランで好きなもの選びなさいと言いながら、子供の選んだものに必ずクレームをつけて結局は自分がきめていたものにしてしまうのです。こんなときミカは私の方をちらと見て「仕方がないわ」という表情をします。

来客の席で私が中心に話がはずむとき、彼女の顔がけわしくなります。私に関係のないときはご挨拶だけときめているのですが、そうともいかない時もあるのです。

そんな折々にあさよさんの自尊心が傷つくのでしょうか。もしかしたらそんな自分を彼女自身がもてあましているのかも知れません。だからよけい不機嫌になるのでしょう。もう少しゆとりが持てないかなと可哀そうになります。一度だけ甥がこんなことを言いました。

「ああいうふうに育ったんだなとつくづく思うよ。こちらで調整するよりないな——。

それに僕だってやはりそういうふうに育って仕方がないと思う面があるし、ただ子供にだけは抜道をつくっておかないと、その意味でおばちゃんの存在ありがたいよ」

「私のめちゃめちゃ話なんかかしら。あれはあさよさんにはできないわね。まじめすぎてあそびがないもの。ミカちゃんには今はそんなことはないけど、もうすこし大きくなると家出したくなる時があるよ。おばちゃんもそうだったもの。そんな時おばちゃんのところへおいでって言っているのよ。ミカちゃん、親が思っているより大人よ。お母さんにとても気を使っている。あさよさん、愛情は充分持っているからとは思うけど押しつけになる時がこわい。そろそろむずかしい年頃になるわね」

あさよさんは女性の自立とよく言うのですが、私は自分のしたことが思い通りにならないとき、人のせいにしたり、人の立場や心が見えないのでは、精神的に成熟した大人とは思えないのです。できないこと知らないことが問題なのでなく、人は何時も未熟であり、学ばなくてはならないことを自覚して謙虚でありたいと願うのですが、私にとってもむずかしいことです。負けまい負けまいでは、あさよさんも疲れまわりの人も疲れます。

こんなあさよさんを充分承知の上で、初めの予定の下宿かホテルをこの家に滞在することにしたのは、この天窓のある部屋が私専用であり、バスルームもありますので、ある距離をおいてくらせるし裕司夫婦との交わりの一つの折目の時ではないかと思ったからなのです。

三ヶ月もの日を年上の伯母とくらすのは気の重いことなのに招いてくれたことは夫婦からの最大のプレゼントでしょう。これをしおに私は裕司に対する精神的甘えをすてよう。あなたたちも目に見えない私の鎖から抜け出しなさい。帰国した時は成熟した家庭として、大きくなった子供たちと新しい交わりをしましょう。いわば私の心のけじめをつける修学旅行のようなものなのです。

さち子さんにお話ししたことがあったかしら。裕司の父親のこと。二・二六事件の雪の朝、初年兵で近衛三連隊に入営していた彼は、何もわからないまま山王ホテルに連れてゆかれ、気がついた時反乱兵でした。その後満州を転々、一度除隊になりそのあいだに私の姉と結婚、一年ほどで召集されました。昭和十六年に裕司が生れましたが父親を知らずに育ちました。生れた時もその後も姉とともに私の家の家族のようでした。私の弟も我家に来た小さな赤ちゃんを可愛がりました。手に入りにくいミルクや食物を求め、防空壕にもいっしょに入りました。やがて戦火はきびしく姉と裕司は石岡の義兄の母の疎開先にゆきました。私の家も義兄の家も空襲で焼けてしまいました。硫黄島から生き残って義兄が帰ってきたとき、裕司は一年生になっていました。

苦しい時代でした。石岡では義母とその姉が同居し子供も男の子三人になりました。義兄は坊ちゃん育ちの気の弱さと、東京人特有のみえっぱりで生活は苦しく、その上ある事情で姉とは別居に近い状態になりました。

手を出すまい、口をだすまいと思いながら、子供のことになるとつい助け舟を出してしまうのです。三人の子供はこうして我家とは切っても切れない関係で成人しました。私がこぼすと夫は「教育に待ったはないだろう」と言うのです。長男の裕司は夫ともなじみ深く「親以上に親だった」と夫が亡くなったときつぶやきました。兄弟は働きざかり、社会人としてまあまあというところでしょう。

義母と夫の伯母は天寿を完うして亡くなり、姉は二人の最後を一人でみとりました。今は姉夫婦も年を取り二男とともに住んでいます。その家の義兄の部屋の鴨居に二・二六事件のとき同期だった人の名と血判の入った日の丸がかけてあります。色あせたそれは、それだけ私にはおぞましいのですが、一生を犠牲にしたような事件も義兄には若い日の郷愁であり、よりどころでもあるのでしょうか。

こんなことで裕司と私とはかかわりが深かっただけお互いに多少の甘えが残っているのでしょう。あさよさんにはいやなことでしょうね。数年前彼女の姉さんがこんなことを私に言いました。「あさよは結婚してから私の言うことを少しもきかなくなった」と。当然だと思うのですが、実母を亡くして少し変ったところのある父親と継母のあいだで、肩をよせて気の強い姉に〝言うことをきかされながら〟育ったのです。こう育ったと思うしかありません。

天窓のある部屋からさち子さんにこんなことを書くなんておかしいですね。お手紙のなかに大学時代に学んだ「日本の近代化と個の自覚」について書いていらっしゃいましたね。この頃教育の現場で、組合活動、地域社会は勿論すべての場で考えさせられるということ。ヨーロッパのキリスト教文化圏とのちがいは何かということ。それらのことをここに来て私も考えてしまったのです。

あなたの問いと私がここでこの家族のなかで問いかけていることは、根は同じではないのかと思います。

この国では町や村の中心は教会と市庁舎とその前の広場です。二次大戦で破壊された教会やドームは小さな破片まで集められ復旧をし、今もつづけられています。十二世紀あたりの昔が生きているのです。若い人の教会ばなれをなげく人もいますが、歴史と宗教の重みは現在も人々の思考や生活の基底をがっちりと支えていると思われます。同じ敗戦国ですが、日本の教育制度は変りましたが、この国では教育制度には手をふれさせなかったときいています。

唯一の神との対決のなかで生きるキリスト教をあなたも私も信じています。神との語りあいのなかで甘えは許されません。神の求めておられるのは甘えではなく愛です。「自分と同じようにあなたの隣人を愛しなさい」きびしい教えです。八百万の神々に甘えることのできるのとはちがいます。神とのかかわりのなかで個を確立した時、真の愛と自由のあることをこの国の人は神を信じる信じないは別として、逃げられない基として知っているのでしょう。私とあさよさんとのなかに生れる何かも、このへんに問題があるのかも知れません。

これからの私も私自身がしっかりと自分をたしかめながら、人とのかかわりのなかで生きていかないと私の人生の最終幕はさわやかに下りません。

さち子さんとは年齢をこえてこんなことを語れることを嬉しく思い、あなたと同年代のあさよさんとも語ることができたらと淋しくも思います。

明日からドーバーを渡って、イングランド、スコットランドの旅にでます。私にとって精神的、肉体的に大冒険ですが、あなたと私の課題に何かのヒントとよい思い出が与えられたらと期待しています。この旅から帰ったらすぐ帰国します。秋の夜をいつかのように語りあかしたいですね。

アウフ・ヴィーダーゼーン！

足

その人と初めて会ったのは、私がフランクフルト郊外の小さな町ズルズバッハの甥の家に来て三週間ぐらいたった頃だった。

隣の町のバッドゾーデンはクアハウスのある観光地で、近かったので日常の用は歩いてこの町へゆく。

私のでかける気配がすると甥の息子の雅比古は必ず「まーくんもいくー」とついてくる。六歳のこの子はドイツ語の話せない私を一生懸命に助けるつもりで、一年間のドイツ生活の自信に満ちた顔で私の手をひく。

その日もさわやかな初夏の光に誘われて、書きためた絵はがきや手紙を出しにでかけた。ドイツの郵便局も日本と同じように街にとけこんで、ポストの感じも似ていて迷うことはなかった。顔見知りになった窓口の中年の女性は、ピンクの頬をしてふっくらと太っている。たくましい手で私に必要な切手を渡し金額をメモしてくれる。私は一つ覚えの「ダンケ・シェーン」を言う。

受け取った切手を今日もついて来た雅比古とはっていた。彼はエアメールのブルーのシールを「おばちゃん、こうはった方がカッコいいよ」とか言いながら、斜めにはったり横にはったりして楽しんでいる。

「〇〇〇ヤパーン、〇〇〇……」と頭の上で声がした。「ヤパーン」の言葉で私に言いかけていることに気がついた。日本人かときいているのだろうと思って、「ヤァ」と言ってうなずくとたたみかけるように、

「〇〇〇オオイタ。〇〇〇オオイタ……」という。

「まーくん、わかる？」と雅比古にきいた。

「おじさんね、日本の大分に姉さんがいたんだって、それから、おじさん病気だって。あとわからない」

身ぶり手ぶり、ドイツ語、英語、日本語をとりまぜて、ズルズバッハに来て三週間になること、三ヶ月いる予定、雅比古はドイツ人の幼稚園に行っていること、彼は姉さんが戦後大分県にいたので大分県にだす私の手紙の字のそこだけわかったこと、長い病気をしていることがどうやらお互いに通じたようだった。

大きい人だった。雅比古は彼のお腹のあたり、私の頭は胸のあたりにある。骨太ながっちりとした体を黒い服につつんで杖をついていた。顔の半分は髭に覆われて、太い眉の下に青く光る目がしずんでいた。

外は五月の日が眩しかった。郵便局の石段を一歩一歩たしかめながら下りたところで、私たちに大きな手をあげて「ヴィダーゼン」と言った。長い影を引きながらゆっくりと花屋の角をまがって行った。

その次に会ったのもこの郵便局だった。ドイツでは二時まで昼休みである。昼休みの終るのを待っていくと彼にあうようだ。

この時は雅比古の姉のミカがついてきた。その人は前と同じように黒ずくめだった。やつれた黒い姿は季節のせいかひどく重くるしく見えた。股のあたりをたたいて何か言っている。

「おばちゃん。おじさん、足切るんだって言っているよ!」ミカが目を丸くしてさけんだ。

悪性の病気なんだろうか。郵便局には年金の受取りや、病院の支払い、入院手続きの書類を送りに来たようだった。クアハウスのあるこの町は老人をみかけることが多い。

きりっと身だしなみのよい夫婦がマーケットや朝市で、買物をしながら私に何事か話しかけるし、日曜ごとに見かける教会の前のベンチの犬をつれた男性も私に小さなほほえみをうかべる。時折ゆくカフェでも同じ時間に同じケーキと紅茶で語っている二人の老婦人も、それぞれ孤独な影が見えるけれど、このひとときをゆっくりとたのしんでいるように見える。

それにしてもこの黒衣の人は旅人にすぎない私に、これほど立ち入ったことを語りかけるのはどういうことなんだろう。妻や子はいないのだろうか。足を切らなくてはならない持ってゆきようのない怒りを、異国人であるからかえってぶつけられるのか。

私もミカも何とか慰めたかったが言葉にはならなかった。言葉を表情と体で補って「神さまが守って下さる。きっと元気になる」と言ったつもりだけれど、わかったかどうか。ミカと私の手をとって「アウフ・ヴィダーゼーン」と言った。

いつのまにか街は夏になっていた。強い日ざしが街をくっきりと光と影にわけて、ゆきかう人々は肌をあらわにみじかい夏を体にとり入れようとしていた。黒い後ろ姿はとりどりの花の色をすかした花屋のショーウインドーの角に消えた。

七月中旬から私は甥たちとイギリスに渡った。スコットランドを中心に三週間近い旅の日に、ときおり私をおそう体の痛みにさいなまれるとき、黒い人のことを思い出した。八月の初めにフランクフルトに帰りついた。それは私の旅の終りでもあった。

帰国の前日街へ行った。花屋に向かう舗道に足の一方のズボンを折りまげて、片足になったあの人の松葉杖をついた後ろ姿があった。茶色の服だった。街には秋が生れていた。

古いオルガン

長い旅から帰ってきた。

「ただいま」と語りかけるようにオルガンのストップをひきペダルをふんだ。ひどい音だ。空気がもれて歯のない人が無理に歌っているような情ない音だ。「すねているんだわ。このオルガン」期待はずれの音に私はがっかりした。

前の住居からこのケアホームに移った時、気候の変化についてゆけず調子がくるって大修理をした。

大正後期のものときいているオルガンは、がっしりと木目の美しい本体の横にも譜面台にもレリーフがあり、二本の足はギリシャの神殿の回廊にあるような円柱で、ローソクの光がよく似あう。

手づくりなので楽器メーカーの専門家でも修理は大変だったようだし、今では技術者も少なくなっている。材料の入手難もあって修理の費用も高額になる。やれやれと思いながらオルガンがかわいそうになってきた。

晩春から夏に移る三ヶ月のあいだ閉じこめられて、手をふれる人もなく過ごしたオルガンは、すっかり調子をくずしてしまったのだ。日本楽器へ電話して修理をたのんだ。

次の日の朝、電話があった。

「三木さんですか。日本楽器の山本です。前にお宅のオルガンを修理した山本です。なつかしいですな――、あのオルガン。早速伺います」とはずんだ声だった。

新しいオルガンを注文したほうがいいかしらと迷う私に、「このオルガンを造る技術者がいないこと、プラスチックや接着剤を使うし、本体も鍵盤もこんな重厚なものはできない。それにこの柔らかい音」と山本さんはなでるようにして言った。

それは私がここに入居した年の夏だから、六年前のことだった。K町の山荘においてあったオルガンは気候があっていたらしくこんなことはなかった。世田谷に来てこれで二度目の反抗である。

「お預りしてお直しいたします。そうですね、一ヶ月ほど。手塩にかけたオルガンはいつまでも心に残るのです」と山本さんはオルガンをいたわるように言う。

オルガンのあとにぽかんと空地ができた部屋は、どこへ行っても落ちつかない。隣室への心づかいもあって、私はオルガンを窓ぎわのスチームのそばの日の当る角に置いていた。オルガンには悪いことは承知だった。加湿器を使いブラインドで光をさえぎり、それなりの工夫はしてもデリケートなオルガンには辛いことだったのだろう。

帰ってきたら居心地のよいところに場所を変えようと、あそこにしようか、ここがいいかしらと迷った。結局は、私のベッドのところがオルガンのためにもいい場所であることに気がついた。

「オルガンさまのために、人間さまがお席をゆずるの？」とベッドを移してオルガンの場所をつくるのを手伝ってくれた若い友人が笑った。

準備ははやばやと整ったのに、オルガンはもどってこない。どうしても落ちつけない。何となくつまらない時、いそがしい仕事のあいまのひととき、人を待つ時、そのおりおりに私は自然にオルガンに向かう。バッハの小曲や賛美歌をひくと、心が静かになり、やさしい気持になるのに、何と淋しく、つまらないのだろう。オルガンがこんなに私の心を占めていようとは思わなかった。

長い年月の交わりである。何時の頃から私の家に居ついていたのか。夫が去ってから二十年の年月がすぎた今、その前の日々のことがいとおしまれる。転居の度についてきた。ともに歌いながらいつも私たちのそばにいた。この部屋で古いオルガンに再会した人たちは「このオルガンまだ御健在ね。ここまできたの」となつかしがる。

一ヶ月ぶりで山本さんに送られてオルガンが帰ってきた。すんだやさしい音がもどっていた。嬉しかった。

「三木さん。大切にして下さいね。今度は小さい故障のとき、早く知らせて下さい。僕、このオルガン好きなので……」と五十歳をいくつかすぎて、お子さんはなく奥さまと二人ぐらしと言う山本さんは帰って行った。

オルガンは当然のように新しい席に納まった。やっと私の部屋は私の部屋になり、私の日常がもどってきた。

おりおりの心で私は鍵盤に指をふれる。指をふれるままオルガンは歌う。

「私はオルガンとおしゃべりしている」と思う。私の指が鍵盤にふれるときオルガンは全身で答える。私の指に心のあやも移るのだろうか。四十年の伴侶である。時には夫、時には友だち、時には私そのもの。

私の指が言うことをきかなくなる日が何時かくるだろう。それでもともにあるかぎり私とオルガンはおしゃべりをつづけるだろう。

旅の終り

ヒースの原を渡ってくる風が冷たかった。かもめに似た白い鳥が七月の末なのに弱い日ざしの空に高く低く舞っている。

古い城壁にかこまれたヨークの町に魅せられて滞在をのばし、嵐が丘の舞台であるホワースまで来てしまった。

ホワースは坂の町である。でこぼこに擦りへった石畳の向うから馬のひずめの音が聞えてきそう。道の両側には民芸品の店やお土産屋さんが並んでいる。ブロンテ姉妹の生家である牧師館、教会、墓地、博物館はその道のつきたところにあり、一方はヒースの原が拡がっている。

博物館にはブロンテ姉妹の生立ちや創作にまつわる品々が展示されていた。同行の甥たちをそこに残して私ははるばるとつづくヒースの原に立った。ヒースは秋になると紫の花が咲くという高さ四、五十センチくらいの灌木だ。黒ずんだ緑がはうように野をうめて果てしない。おどろおどろしく、そのくせ何か強い（聖なるものへの）ひたむきな思いが伝わってくるあの物語は、ヒースの原に鳴る風の音をききながら育ったブロンテ姉妹のなかに生れるべくして生れた物語なのか。

夏のさなかの晴れた今日だって肌寒く日ざしが恋しい。ヒースの原は彩るものがないモノトーンの世界である。まして長いきびしい冬、荒野をあれ狂う風の音、雪に埋もれた荒寥とした風景に、姉妹の感じ易い心と弱い体は恐ろしいほどの孤独感に襲われたことだろう。

ドーバー海峡を渡ってもう十日になる。ロンドンに着いた日は王室の結婚式の前日ではなやいでいた。ロンドンを起点にして何時間走っても、羊の群、放牧の牛や馬には会うが人影は全く見ることがない。ひっそりと黒ずんだ聚落にはドイツの整然とした屋根の並びや、空を突きさす教会の塔はなく、フランスの農村地帯ののびやかさもない。大地にどっしりと沈みこんでいるように見える。

ヨークにつく前日私たちは海岸地帯をドライヴした。海岸は人影がまばらだった。磯浜は複雑に入りくんで、岸を洗う白い波、白い鳥、海辺を這う灌木もグレーに近い。日の光も弾き返すような強さはなくここもモノトーンの空間だった。

子供たちは久しぶりの海に解放されて蟹を追いかけたり、岩と岩のあいだを走りまわって、笑ったりさけんだりする声がひびいてくる。岬に突きでるように築かれた城壁は風化して崩れ、その奥の古城からシェークスピア劇の台詞がきこえてきそうである。にぶく晴れた空に浮ぶ雲の流れも、海鳥の鳴く声も人をよせつけないきびしさがある。

干潮のときは、車でゆける中洲が、潮が満ちてくると取り残されて帰れなくなる。潮に追われるようにもどった海沿いの白い道に、小さなレストランがあった。テイクアウトの蟹一ポンド、蟹サンドイッチ二ポンドと書いた紙が風にゆれていた。五ポンドと引替に足を取った蟹は無造作にビニールの袋に入れられて私たちの手に渡った。

「食べようよ」甥の一言で皆が蟹の甲羅のふたを取った。磯の香が車のなかいっぱいに拡がった。

「美味しい！」こまかくほぐしてオレンジ色のお味噌もまじった蟹の肉を一口含んで同じようにさけんだ。かすかな塩味はとろりとした風味をひき立て、しこしことした歯ざわりが小気味よい。久しぶりに味わう海の幸を私たちは口もきかずにほおばった。スコットランドの田舎の旅は荒寥とした荒野や海岸をゆくことが多く、食物は単調だった。この一杯の蟹のおかげで、ほっとした寛ぎが私たちのなかに流れた。

心も体もつらいことを承知で私は甥のすすめに従ってスコットランドの旅に出たが、時にはさすらい人のような孤独を味わうことがあった。私だけではなく、同行五人それぞれがさすらい人かも知れないと思われるのも、ここの風土の故なのか。

A町からB村に移るような時は私も同じように行動するが、滞在中は自由にすると出発の前に約束してあった。興味のありかたも体力もちがう若い一家と行動を合わせるのは無理なことだ。

ホテルでは私の部屋に子供のどちらかが泊りに来る。フランクフルトでもそうだったように。

「おばちゃん。この前のつづき――」とお話をせがまれる。リヤ王物語、テンペスト、ハムレットと私流のシェークスピア物語に「ゆうれい、こわい」としがみつき、メアリー・ポピンスの話に「おばちゃん。日本に帰ってもメアリー・ポピンスのように空をとんで来てね」と真顔で言う子供たちとすごす旅の夜は私にとってもたのしい時だった。

この子たちの父親も幼い時泊りに行った私にお話をせがみ、兄弟のどちらに顔を向けてもけんかになるので私は天井を向いてお話をしたものだった。この子たちが帰国してももうこんな時間があるはずはない。四十年近くの年月をへだてて親子二代にこんな時を持つ……。そのおりおりの子供たちの新鮮な柔らかいやさしい心をいつくしみたのしんだ。甥たちもそうであるように、この子たちも大きくなったらこんなことを忘れてしまうだろう。それでもこの時のあったことを私は嬉しく思い忘れはしない。

家族がその日の行動を取っているあいだ私は私になる。さりげないイギリスの田舎の街を一人で歩くのはたのしい。すりへった舗道をふんで、小さな店をのぞき、マーケットの人ごみにまじり、公園のベンチで子どもとほほえみを交す。いくつかある教会で見当をつければ道に迷うことはない。

ある夕方教会の横を通ったら、教会の石垣のなかから神父らしい二人の男の人が私を呼んだ。そして手紙の束を渡してこれをポストに入れて下さいという。指さす方を見たらポストは何となくポストで私にもすぐわかった。コトリと落ちる音をたしかめてふりむいた。二人は笑いながら何か言ったが私にはわからなかった。甥たちといっしょにいると人に話しかけられることはあまりないが、一人歩きしていると道をきかれたり、話しかけられたりする。人種だとか旅人だとかをほとんど意識していないのが面白い。

湖沼地帯を通って帰途につく前日、私は町はずれの教会に足をむけた。小さな田舎町の教会には必ず墓地がつづいている。黒くすすけた教会は何時頃できたのだろう。昔からここに生れここに育ち生活した人たち、都会にあこがれて故郷をすてた人たちも帰って来てこの墓地に眠っているのだろう。親も子も孫もみんな。

七月のイギリスは薔薇の季節だ。静まりかえった墓地はとりどりの薔薇に彩られて美しい。日ざしは軟らかく風が軽い。

薔薇につつまれた墓は朽ちて崩れ、墓碑銘さえ苔にうずまってさだかにはよめない。倒されて大地にとけこむように横たわっている墓、やっとおこしてマリア像の台にたてかけてあるのにも、一人一人の命が宿っている。教会も墓も修道院も皆黒く重い。薔薇だけが明るく美しく匂っている。地の底からひそひそとささやきがきこえてきそうである。

そうした墓地のひととき、私は大きな木の倒れるような音をきいた。

「神田先生だ」と私は思った。寝たきりになられて三年あまりになる。もう長くはないと感じながら私は旅立った。

若い日をオックスフォードに学び夫人もともにイギリス風の生活をくずさなかった。子供のいない神田先生夫妻は、精神的にも学問的にも神田先生を師とするグループにすべてをゆだねられた。先年亡くなられた夫人をみとり、今、先生の最後をそのグループは見守っている。旅のおりふし私は、神田先生のことを忘れたことはなかった。

薔薇は神田先生を象徴する花だったし、ホテルの朝食のたっぷりしたミルクティーにもその香りの向うに先生の顔がちらりとのぞいた。セクレタリーのK子さんは、

「アールグレイとオレンジペコを同じようにブレンドして同じようにいれても、先生がお茶を召し上がらなくなったら、美味しくでないの」

と旅立つ前に見舞った私に言った。枕元の大きな壺にとどいたばかりの〇〇宮家の庭の薔薇があふれていた。五月の初めの日だった。

食物は口からとれず、体は褥瘡で痛々しく崩れ、言葉はかなり前から失われていたが、目だけは輝きがもどることがあった。精神的には勿論、すべてが美しく調和を保つことを一生追求していられたように思われる先生が、老いのきわみの姿をさらすのはどんなに辛いことだろうと心が痛んだ。どんな老いの姿になろうとも人の真価は変らない。私たちは老いても病んでも堂々とした先生から、何か大切なものをくみとり無言の教えをうけた。今、私が体のなかに感じた音は先生が倒れた音だと思った。何千年も生きた大木の倒れる音のようだった。

インバネスから私たちは山岳地帯に入り湖沼地帯に向かった。今まで降らなかった雨

が降りだした。降りつづく雨の行手にいぶし銀のように光る湖がいくつも現われては消えた。甥の家族のなかの心理的な重さも体の痛みもこの風景が吸いとってくれるような気持ちで車の走るのに身を任せていた。

湖を見下ろす崖の上のホテルで一泊して、私たちは再びドーバーを渡りベルギーを通ってドイツに向かった。一日おいて私は日本に帰る。

心の痛い日もあったけれど、その痛みがあったからこの旅がこんなに心にしみるのか。痛みや悲しみをまともに受けることができなかったら、大切なものを見失うかも知れない。

旅も終りだ。神田先生のこの世の旅も終っているだろう。一つの旅が終った。私は新しい旅へ一歩ふみ出そう。旅の終りは一日の終りの残照に似て美しく淋しいが、今日につづく明日の朝、沈んだ太陽は再び新しい光になっている。人生の終末に向かっての私の旅、平安だけを願わないがほんとうに生きたという充実感があったら、その次につづく未知の国に心ゆたかにゆけるような気がしている。

はてしない物語

少女時代ブロンテ姉妹の作品に親しんだ頃から、私はヒースの原の風の音をききたいと思っていた。五十年も心の底に眠っていたあこがれだった。

スコットランドの旅の一日、ホワースを訪れた。甥の家族が博物館を見ているあいだ私はヒースの原を見渡せる丘に行った。真夏の真昼の日ざしは明るいのに素肌に風が冷たく、人影もなく寂寥が体をみたしていった。

果てしない荒野の向こうから『嵐が丘』や『ジェーン・エア』の登場人物がモノクロームの映像となって現われたヒースクリフの声、キャサリンのしのび泣き、ローチェスター氏の叫び声、馬のいななきがヒースの原をこえて来る風のそよぎのなかから聞えた。それは私の心のなかの幻影なのか。それとも荒野の生んだ幻なのか。長い時ではなかったが、私はブロンテ姉妹の限りない孤独と寂寥を肌に感じ、私も心の痛みを荒野になげかけていた。

帰国してから、あらためてブロンテ姉妹の作品を読みかえした。読んでいる時、荒野をわたる風のなかにいた。

唯一の救いは三階の廊下を歩きまわって、そこの沈黙と寂寥に包まれ、眼前に浮ぶ輝かしい幻想に心の眼を注ぐことであった。幻想はたしかに数知れずあざやかに躍動していた。わたしの心をいっそう悩ましはするものの、生気でそれをふくらましてくれるすばらしい変化のために胸の高鳴るに任せることであった。とりわけ一番よいことは、決して終ることのない物語――、わたしの想像が生み出し果てしなく語りつづけられる物語、しかも現実の世界では得られぬ、いろいろな出来事や活気や情熱や感情で息づいている物語に、内心の耳を澄すことであった。(『ジェーン・エア』大久保康夫訳　新潮社)

この言葉はそのままブロンテ姉妹の内心の叫びではないか。ヒースの原に鳴る風の音は内心の目と心に映るものと無関係ではない。若くして去った二人の作品はその一部分でしかなく、終ることのない物語は始まったばかりだった。こんなことを考えているうちに、私はもう一つの物語を思い出した。

甥の一家のドイツ赴任がきまった時、甥の娘の望みで「ネバーエンディング・ストーリー」という映画を見た。いじめられ追いつめられた少年が、逃げこんだ古本屋から持ち出した本を学校の屋根裏の物置で読みふけりながら幻想と現実をないまぜにした物語の世界に入りこむ。その本は『はてしない物語』。

ファンタージエン国に虚無がはびこって国は危機に落ち入り、女王も重い病気にかかっている。これを救うのはファンタジーしかないと言う。少年はファンタージエン国と王女を救うために幻想のなかで旅をする。映画は幻想の部分は人形を使い、風景も動物も超現実的なＳＦの世界、古本屋の主人と少年だけが現実の姿だった。甥の娘もその世界に入りこんでいたようで、私がドイツを訪れる時お土産はと聞いたら「ネバーエンディング・ストーリーの本」と言った。私はあかがね色の表紙に二匹の蛇の浮いた重い本を持って行った。

ドイツ滞在中のある日、私は街の小さな本屋でこの本をみつけた。日本のと同じ色の布表紙に二匹の蛇がからみ、現実の部分は水色、幻想の部分はあかがね色、挿絵も同じだった。

ファンタージエン国にはびこる「虚無」に対抗できるのはファンタジーしかない。そして生れたのは『はてしない物語』。

果てしない（終ることのない）物語とファンタジー（想像）。この言葉が全く異なった二つの物語のなかにあることに心をひかれた。『はてしない物語』の作者エンデはドイツの童話作家。前作の『モモ』では時も空間も人間も「時盗人」とよぶ現代文明によって冒されていくのをモモという少女によって救い出し、『はてしない物語』ではバスチアンという少年によって、文明に毒されない世界をファンタスティックに求めている。

十八世紀半ばにイギリスの片田舎で孤独と寂寥にたえて、荒野の風の音に内心の目と耳を澄ませてファンタジーをえがき、終ることのない物語を求めたブロンテ姉妹。二人は幻想のなかに神を見出そうとしたのではないか。エンデは東洋的な哲学や思想を含めて、人間を越えた大きなものをファンタジーに求めているようだ。私はひょっとすると宗教そのものが最大のファンタジーかしらと思う。現実を客観的に見て越えたところにファンタジーがあり、その奥に現実を越えた真実がある。時代も国も性も異なるが、あの作家たちの原点はここにあるのかも知れない。

「ほんとうの物語は、みんなそれぞれ果てしない物語なんだ」

「ファンタージエンへの入口はいくつもあるんだよ。そういう魔法の本はもっともっとある。それに気がつかない人が多いんだ。つまりそういう本はよむ人しだいなんだ」

（『はてしない物語』上田眞而子・佐藤眞理子訳）


古本屋の主人コレアンダー氏の言葉である。コレアンダー氏は、私たちに真実を求める道はたくさんあるけれど想像力の働かない人には閉ざされているんだよとも、ファンタジーのなかにかくされた真実は私たちが想像力をゆたかにすることで見つけることが出来るんだよ、求める道はちがっても真実はただひとつだよとも、豊かなファンタジーのなかに一人一人がたしかに生きているんだよ、とも言っているようだ。

シャローム

アテネから空路イスラエルに入った。地中海は真夏の光がそのまま藍色になってきらきらと眩しかった。

どこまでも果てしなく、海のように砂が波うち、ベドウィンの天幕や羊の群れを追う人、陸も空も同じような砂の色だった。国境を走る私たちの行く手に銃を持った兵士が立っていたが、砂色の制服の兵士はあどけない笑顔で私たちに手をふる。

砂漠と岩窟と石と荒野でなりたっている。荒々しい自然の営みのなかで、人々はユダヤ教、イスラム教、キリスト教、それぞれの宗教とそれぞれの掟を守りながら共存している。

テルアビブでは一つの時代にほろびた都市の上に新しい都市が重なり、今もボランティアによる発掘は下へ下へと掘り下げられて、紀元前まで溯《さかのぼ》れるが、つきることがなさそうだ。人類の歴史と宗教の重さが私にも迫ってくる。

十字軍に破壊された寺院の床のモザイクの一部が当時のままに砂のなかに残っていた。一センチほどの地中海の海の色に似たそれは、私の手のひらで何かを語っているような気がした。私たちだけしかいない廃墟に小さな砂嵐が過ぎていった。

イエスが十字架を背負って二人の盗賊と歩いたヴィア・ドロローサ（悲しみの道）はごたごたしたスラムを通る黒いすりへった石畳の坂道だ。この日は金曜日で、私たちは十字架の道行にあった。黒人修道士が大きな十字架をかついで素足で歩くあとから、白人も黒人も貧しげな服装で、悲しみをたたえた顔でゆっくりとすすむ。十三のステーションを通ってゴルゴダの丘への道を、イエスの苦しみを我がものとしてゆくのだ。

三時頃イエス大声で叫びて「エリ・エリ・レマ・サバクタニ」と言ひ給ふ。わが神、わが神、なんぞ我を見棄て給ひしの意《こころ》なり。（マタイ伝福音書二十七章四十六節・マルコ伝福音書十五章三十三節）

イエス大声に呼ばわりて言ひたまふ「父よわが霊を御手にゆだぬ」斯く言ひて息絶えたまふ。（ルカ伝福音書二十三章四十六節）

――『文語訳・旧新訳聖書』より

ゴルゴダの丘の十字架の上でイエスが叫ばれた言葉は、四つの福音書のうちヨハネ伝にはなく、マタイ伝、マルコ伝はほとんど同じ、ルカ伝には「父よわが霊を御手にゆだぬ」と記述されている。いずれにしてもイエスはゴルゴダの丘の断末魔の叫びとともに息たえている。決して従容として死についたのではない。この言葉のなかにイエスが神と人とのあいだにあって、とりなしのすべてを語っているような気がする。「なんぞ我を見棄て給ひし」と叫びながら神にゆだねるイエスの姿に人間イエスの心が伝わってきて、私はこの断末魔のさけびの故にキリストに心をひかれる。

深い憂いにみちた顔で肩に食いこむ十字架を背負った黒人の修道士と、あとにつづく群集のなかから「エロイ・エロイ・ラマ・サバクタニ」(マルコ伝)としぼるような声がきこえるようだった。ゴルゴダの丘には聖墳墓教会がある。ヨハネ伝に語られている野に色とりどりの夏の花が風にゆれていた。教会の壁に「彼はここにはおられない。よみがえりだからである」と英語で書かれていた。よみがえってからのイエスについてはヨハネ伝福音書二十一章、二十二章に鮮かにしるされている。

私たちは旧市内を中心に寺院や教会や、モスク、岩窟のなかの修道院など、イエスゆかりの地を辿った。生誕教会の床に美しいダビデの星がモザイクで描かれてあったが、イエスの救いを待つこの星がほんとうにこの世に愛と平和と救いをもたらすのは何時のことか。イエスが生きていた日は遠い昔とも現在とも思われてくる。二〇〇〇年前の日が今日もつづいて生きている、その根元は何だろう。

砂漠を流れるヨルダン河の源流の一つピリポ・カイザリヤはゆたかに澄んだ水が岩にあふれて流れていた。手をひたしたらしみいるほど冷たかった。洗濯籠をかかえた村娘のピンクの頬と原色の民族服がかわいく、久しぶりにのびやかな気持ちになった。

死海のほとりのクムランの洞窟で羊飼の少年が発見した死海文書を納めたイスラエル博物館を城外に訪ねた。パピルスに書かれた死海文書は納められた壷のなかで二十世紀末をどのように見ているのだろう。虐殺記念館には第二次大戦の悲惨な記録や資料が生々しく残っている。宗教と人種にかかわる底知れない争いは今もまだつづいている。

砂漠を越え死海をすぎてついたガリラヤでは、緑こい木々がさわやかだった。なつめ椰子の木が大きな傘のように拡がって、くっきりと陰をおとした下で私たちも憩った。カラカラに乾いた大地と強い太陽の光に暑さは感じないのに体から水分が失われていく。この旅の初めから同行したドライバーのヤコブさんは、バスに用意した冷たい水を私たちに強制的に飲ませる。水のない時には缶ジュースをまわし飲みさせた。昔から砂漠を旅する人はオアシスの緑の木陰で、水を得るだけでなく心の乾きもいやしたのだろう。

乾いた大気と砂、かたい岩と石でなりたつ自然に人間は甘えられない。ゴルゴダの丘でイエスの流した涙は人類に心のオアシスを教えられたのか。愛と平和を求めながら現在まで争いつづける民族の心の底は私にはわからない。日本は四季のうつろいと山河に恵まれて、しっとりとおだやかに私たちをつつんでしまう。自然の災害ですら豊かな実りとあきらめの裏表の国柄では、自分にも人にもほんとうにきびしくはなれないのかも知れない。

イエスをとりなしとした厳しい愛に成り立つ宗教は、岩と荒野と砂漠のなかから生れた。イエスが陰影にとんだ日本に生れたとしたら、全く異った宗教が出現したのではないかと思う。

イスラエル最後の日、私たちはカルメル山のベイトオーレン（松の家）ホテルに泊った。名の通り、松の木が日本を思わせた。夕食のあと、Z嬢と広い庭の芝生にねころんで空を見上げた。大きく果てしない空に星が私たちを覆うようにきらめいていた。

「この空、地球を覆っているのよね。星は東京の空にもあるはずなんだけど……。こんなに命があるように輝いていない」とZ嬢がつぶやいた。

今私たちを覆っている空も東京の空も、同じように人類の歴史よりももっと前から地球を覆っている空だ。人間がほんとうに「生きる」って何かしら、この旅の初めから考えては消えたことがまたうかんだ。これはこの旅の私のテーマかも知れない。

同行の学生、M嬢とY嬢はそのまま残ってヘブライ大学教授の家に止宿した。私たちはつづいてヨーロッパを巡り、一週間後にウィーンのエアポートで合流した。二人はげっそりと疲れきった表情で私にとびついてきた。

「心身ともにくたくた。ユダヤ教徒との生活がこんなにたいへんなことだと思わなかった。旅人としてホテルに泊っていてはわからないことがたくさんあるの。御厚意がわかるだけにつらくて……他では得られない貴重な体験で感謝しているけれど……日常生活のなかの異文化、異宗教ってことを考えさせられた……」とせきを切ったように語ってため息をついた。

イスラエルの旅は私たちを現在から紀元前にもどし、湿った空気と木と土と水の国から乾いた大気と砂漠と岩と荒野の国に、八百万の神々と仏の国から唯一の神の国に放りこんだ。もう一度、二度、三度訪れても理解しがたいと思うが、何度でも訪れたい魅力がある。

深い藍色の光そのもののような地中海も、砂漠の羊の群れもベドウィンの天幕もクムランの洞窟も、なげきの壁も、星も、今は真夏の夜の夢のように私のなかに眠っている。

二十世紀末に生きる私たちはたしかに科学の進歩による豊かさのなかにいる。人智のきわみのような科学の進歩は、反面人間の自然の営みにいどみかかるような何やらうす気味の悪さを感じさせる。モーゼは神の導きに従って荒野を四十年もさまよった。今私たちは文明の砂漠のなかを乾いた心でさまよっている。自然の摂理は神の摂理でもあるのに。どこにオアシスがあるのか。もう一度原点にもどって考えないと私たちは大切なものを失ってしまう。

この旅のあいだガイドをして下さったヘブライ大学の安田氏に教えられたイスラエルの歌を私たちは折にふれて歌った。

ヘベス・シャローム・マレヘン。(あなたのために私は平和を持って来た。)くりかえし歌っているとやさしい気持になってくる不思議なひびきがある。

おはよう(オラルトーゲ)。高い(ヤカール)。ありがとう(トダ・ラバ)。お休み(ライラ)。安田氏がいくつかのヘブライ語を教えて下さったなかで、今も私たちのなかで生きている言葉がある。

「シャローム」平安があなたにあるようにというのだが、この言葉の意味は一口に説明できないものがある。

会ったときも別れるときも「シャローム」私たちはこの言葉を覚えてからいろいろな心をこめて「シャローム」と言った。現地の人たちに、ゆきずりの旅人に、私たちのあいだでも「シャローム」というとき、あなたに平和がありますようにとの思いが自然に湧く。

ガリラヤ湖の船の上で、ドイツの若い夫婦から私の夫とまちがえられたH氏は、帰国後「シャローム」とも言わずにガンで亡くなった。「ガリラヤにいるあいだ夫婦でいましょう」と笑った顔はまだ生きている。

ユダヤ人教授宅でくたくたになった旧約聖書学専攻のM嬢は再度ヘブライ大学に留学、ついにユダヤ人と結婚、一児の母となった今も研究をつづけ、医大生だったY嬢は考えるところあって文科系大学に変った。牧師、神父、研究者にまじって高校生とその母親、私の友人皆ユニークな個性とゆたかな人間性を持った得がたい人たちだった。

会えば語りつきず、ヘベス・シャローム・マレヘンを歌い、シャロームと言って別れる。手紙の終りもシャローム。シャロームはあの旅を私たちの交わりのなかで永遠のものにしている。

かけら

私が焼物に興味を持ち出したのは何時の頃だったのか覚えていないが、商店街の瀬戸物屋さんに始まって、青山や京都あたりの骨董屋さんまで、土と炎で造ったものが目に入ったら足が止まってしまう。

手の上にすっぽり納まって、口びるにやさしい急須や湯呑、魚や煮物が居心地よげに落ちつきそうな皿や丼が目につくと動けなくなる。私の好きなものはそちらも好きらしく私を呼ぶのだ。買おうか、よそうか、迷いながら手に取ってついに買ってしまう。こうして私の家には何時のまにか、さまざまな食器や雑器が集まった。

夫婦二人の日常でも時には二十人をこす会食もあって食器の数も必要だった。外国の人にいただいた益子の大皿はおすしの盛合せやサラダを入れても引き立った。志野の茶碗はお茶のお点前でなく漬物がもられたりする。染付のそばちょくはスープ用に場所をとらなくてよかった。和洋や本来の使途にあまりこだわらずに使っていた。私にとって高価なものでも気に入って大切なものであっても、甥の小さな子供たちにも大人並に区別をしなかった。

　私の手のぬくもりと我家を訪れた人の手のぬくもりがこもる食器たちを、今の住居に移る時、全部持って来ることは無理だった。

「目をつぶっていらっしゃい。血のつながりがあるとこうは言えないけど、すてるのよ。思いきって、もうあげるものはあげたんでしょ。必要なものと好きなものだけ残して、さあ……」と同年の義姪の淑子さんがうながす。

　目をつぶって、木槌でたたいてわって庭先に掘った穴に次々に入れる。土の質や焼によって音がちがう。軟かい音、澄んだ音をかなでながら土にかえる。土から生れたものが土にかえる。そう思ったらそれでよいとほっとした。

　こうして残ったもののうちには、施設の子供の作った釉薬《うわぐすり》のまだらな大きな壺だとか、吉祥寺の古道具市で買った少しいびつな染付の角皿、はんぱな小鉢、ひびの入った萩焼の茶碗など、人が見たらこんなものと笑われそうなものが手ばなしがたく宝物となって手許にとどまっている。

「一つ増えたら一つ減らす。守って下さいね。私見ているから」とお目付役の淑子さんは私を訪れる度に室内を見まわす。小さな花瓶一つさえ容赦しない。それでも好きなものを見ればやはりほしい。それをがまんする代りのように私の美術館、展覧会ゆきが多くなった。色とかたちを扱ったものには前から興味があった。上野の美術館とか伝統工芸展とか大げさなところへは足が向かない。これでもか、これでもか、これいいでしょうと言っているみたいで私は困ってしまう。静かな博物館で眠りを覚ました土器は親しみ易く、個人の小さな蒐集品を見るのもたのしい。

「犬好きは犬を知る」という言葉があるが、焼物好きは焼物好きを知るのだろうか、ここに移ってしばらくたって一人の男性と知りあった。K氏は大の焼物好きで、ひまがあれば、美術館、博物館、展覧会を見にゆかれる。

「三木さん、今○○で中国の磁器をやっています。なかなかよいのがあります。おひまがあったら行っていらっしゃい」と言って、こうつけ加える「あなた自身の目で見ることですよ」と。

　そう言われると私も何とかひまをみつけて見に行く。見て来ると私の目で見て感じたことを報告する。「そうです。そうやって自分の感覚を大切にすることです。土と炎と人の手でもたらしたものは目にも手にもきびしい面と、やさしい軟かい面があります。どの焼物も皆炎の洗礼をうけているんです。ことに備前のような焼しめは、炎がそのまま見えます。たまらないですな……」と学生のレポートを評価したり、講義をするように私を教えたり励ましたりして下さる。

Ｋ氏のおかげで私は雑器から始まって中国や中近東、日本の古代の土器のおおらかな美しさにもひかれていった。

「紀元前〇〇年頃のもので〇〇で発掘された硝子の器です。何千年も地中で眠っていたこの器は、地上の空気にふれたとき色がかすかに変ったと言われています。今も少しずつ変っていると思います。こんな昔にこんな美しい硝子が造られていたのです。これと同じような硝子の器が奈良の正倉院の御物のなかにあります……」グループで見学する人のあとにこっそりとついて学芸員の説明を盗み聞きしながら、淡い紫色の半透明の何とも言えない輝きを持った碗や細い首のきゃしゃな小さな瓶などど古代人が造りだした優雅な器に見とれながら、いつかＫ氏が語ったことを思い出した。

「芝木好子さんの『青磁砧』という小説を読んだことがありますか。そのなかに青磁の壷を窯出しするとき、外の空気にふれると、かすかな張りつめた音がして貫入が入ると書いてありました。若い作家の青磁砧の窯出しを見守る女性の緊張した一瞬です。長いあいだ箱に納められた青磁を箱から出す時にも小さな音がして新しい貫入が入る。そんな話でした。青磁や白磁は午前十時頃の軟かい光の中で見るのが一番美しいとも。焼物は生きているんですよ」

硝子も陶磁も生きている。何千年の眠りから覚めて色が変る硝子、窯から出てかすかな音をたててひびが入る青磁、土から成って炎のなかから生れたものには命がある。

東京郊外にあるこの美術館は中近東文化研究所を持っていて、私はここへ来ると遠い昔のどこともわからない国をさまよっているような気分になる。

今年になって私は三月の末に能登へ、五月の半ばに京都へゆくことができた。能登では姉の旧友を訪れること、京都は大阪在住の友人の厚意で桂離宮と仙洞御所を訪ねることが目的だったが、私はそれぞれの一日を金沢では県立美術館を見ること、大阪では市立東洋陶磁美術館の安宅コレクションを見ることをひそかにきめていた。

早春の兼六園は、梅は散り桜には早く、銀色の日ざしがやさしい日だった。県立美術館は人影がまばらで、姉たちと別れて私はゆっくりと展示室を巡った。石川県は祖父の出身地でもあって、古九谷は以前から親しみを持っていた。他の色絵とちがった独特の色づかいや、大胆でモダンな図柄、突然現われてほぼ百年で消えた華麗な古九谷の魅力もすてがたいが、それに加えて心をそそられるのはその謎めいた物語にもあった。大聖寺を故郷とする高田宏氏の小説『雪古九谷』はミステリアスな物語として雪のなかに生れた古九谷を興味深く書かれている。ここに展示されている全く傷のない完璧な古九谷のその影にうごめく人の命、加賀藩の思わく、つくられては捨てられた破片はどうなっているのだろう。どのようにして生れ、どのようにして消えたのか定説はまだないようだ。どの焼物でも窯跡には破片が見つかって、それからいろいろなことが解明されるときいている。古九谷の窯跡発掘調査では破片は出ているが廃窯近い時期のものばかりで、古九谷の名器につながる画風のものは今の時点では発見されていないとのこと。美しく短い時にしか存在しなかったからこそ、その謎は深いのだろう。私は謎は謎としてそのままにしておきたいような気がしている。

大阪中之島にある市立東洋陶磁美術館のその部屋に一歩入って私は息をのんだ。

大きい白磁の壷がまろやかな体の線で冷たい白磁の色を軟らげて、おおらかに、ほこり高く、それなのに少しばかりの恥らいを含んで私の方を向いている。午前十時の光で見る時が美しいと聞いていたが、新しい美術館は人工的にそのような光のなかにあるように設計されているようだ。私は上品なろうたけた指をふれれば鈴のような音がかえってきそうな白磁に圧倒された。今まで見た白磁のなかで多分これはまれな逸品にちがいない。壺から私に来る迫力がちがう。私はかなり長い時を李朝の白磁の前ですごした。外は初夏の光がまぶしく、河の中洲のばらの色が新鮮だった。

近くのティールームでコーヒーを味わいながら、この白磁と対照的な「かけら」を思っていた。皇居のお堀を見渡せるその美術館も東洋陶磁と東洋書画の所蔵が多い。私がその美術館を一人で訪れるとき、最後にゆく部屋がある。正しくは何という部屋かわからないが、私は「かけらの部屋」と言っている。ガラスのケースも壁ぎわの棚も引出しもそれぞれに分類されているが「かけら」ばかり、美術館ができた当時は中近東からシルクロードを経て集めた発掘品と日本の古代から近代に至るまでのかけらの山だった。

復元されるものは復元されて大部分は三鷹にある分館に移ったが、まだ私を満足させるのに充分なかけらが残っている。小さな一かけのかけらから、古代から近代までの各地の太陽の輝きや、穴居の生活や、食物や調理まで想像することができる。宝石のように光るトルコブルーの一かけに、その頃の若い女性のファッションを思いどんな恋の語らいがあったのかしらと考えたり、土の匂いのただよう空間でかけらが完全だった時代に迷いこむ。

日本のものは古代の縄文、須恵器などのおおらかな息吹がいつかわびさびの世界に移っていくが、私への語りかけはだんだんに少なくなっていく。それでも志野には志野の織部には織部のそれぞれのいとなみや宿命のようなものが伝わってたのしい。

完全なものは勿論美しいし好きだけれど、私は「かけら」に心をむける。不完全であるから私に親しく、この一片から完全なもの以上の美しさを私は引きだすことができる。私はこのたのしさを捨てることができないし、それは割られて大地にかえったあの「かけら」によせる思いでもある。もう私のものでなくなったあの庭はどうなっているかしら。十年の年月はまわりの風景を変え、住む人も変えたことだろう。地価の変動の大きかった年月を私は一度もあのあたりを訪れていない。私のいとおしんだ「かけら」たちの静かな眠りを願っている。

通奏低音

人生の転機のときに初めて出版した『シャローム』の十五扁に、新作十二扁を加えて今回の『シャローム　Ⅱ』になった。二十年にわたる私の通奏低音である。

四月のある午後、小さな集まりが終って、いつもの通りお茶を飲みながらの雑談になった。

「三木さんの『シャローム』読みました。私の知っている三木さんと知らない三木さんが入りまじってたのしかった。それに私、高田宏さんの自然と人間に対する考え方や木とのかかわりに共感しているの。だから高田さんの作品やエッセーは目につくかぎり読んでいます。その方が三木さんの先生とは……」とIさんが語りかけて来たので、私も先日読んだ『若き友へ。生きる意味を求めて』という本のなかでIさんの「ブナへの旅」を読んで共感したことを思い出した。

東京生れ東京育ちのIさんは、K大学を卒業後結婚して夫とともに秋田に移り住んだ。初めて出会う豊かな自然のなかで雪国の生活になじんでいく。秋田から仙台と約十年の生活で自然の営みに目覚め、ブナとの出会いがある。平凡で目立たない、あまり重要とは思われなかったブナの木が、自然環境の移り変るなかで重要な役割を持っていることに気づく。育児を中心にした生活や友人との交わり、住んだ土地、訪れた場所、本などを通してブナとのかかわりを愛情をこめてゆたかな感性で書かれている。

ブナへの思いを通して私たちの住む地球を大切にしてこれ以上自然を冒瀆《ぼうとく》してはならない、自然を守ることは私たちの生きていく根元にかかわることと静かに訴えている。

「高田さんの根にあるものと私が根に持っているもの、三木さんの根に流れているものは表われているものはそれぞれに違うけれど、同じものがあるみたい。そうそう通奏低音のようなものがひびき合っているんだわ」

音楽好きのIさんらしい表現である。

『シャローム』が生れて半年あまりたった。七十歳をむかえる頃になった私は、生きていく一つの節目のようなものを何となく感じていた。書きためたものをまとめることで、今までのおりのようなものを捨てることができるかも知れないと思っていた。

夫を亡くした時のどうしようもない気持ちを素直に表現することができず、自分に訴えるような気持ちでおりおりの心をノートに書きなぐっていた。数冊のノートはそのまま引出しの奥深くしまわれて、もう二十年以上たってしまった。私がいなくなってからこのノートを人に見られるのは裸にされるように恥かしい。『シャローム』のことを決めた時、心のなかで夫に「これでいいでしょう」と語りながら焼いた。心の持物が一つ減った。

初めて自分の書いたものを自分の意志で本にする。私はこの過程と作業が楽しかった。作品はつたなくてもその折々の心をこめて、書きたいと思うことを書いたのだし、いつか装丁も手がけてみたかった。高田先生は私の希望を入れながら適度な助言をして下さった。どんな本になるのか、少しの不安もあったが心待ちしていた。

クリスマスの近い日、三百冊の本がどさりと運びこまれた時、私は初めて何か大それたことをしてしまった、この本を押しつけのように送ったら人によっては迷惑ではないかしら、とんでもない自己満足かも知れない。恐ろしいことをしてしまったと、私の想像していたような出来上りに満足と自分の分身のようないとおしさとを感じながら、心の底から不安が湧いてくる。

若い友人のKさんとYさんがてきぱきと有無を言わさず封筒に納め、近所の郵便局の老局長が取りに来て、本の山はなくなった。『シャローム』は私の許を離れて一冊ごとにちがうところに旅立って行った。本の山のなくなったあと充足感といっしょに、言いようのない虚しさと大きな罪をおかしたようなやりきれなさが残った。クリスマスから年末へとあわただしい日がすぎていった。

年が明けた。年賀状といっしょに封書が毎日何通か届き、電話がいつもより多くなった。主に『シャローム』についてだった。思いがけない反響に私はとまどった。

「私たち家族を暖かい目で見て下さって、親の私たちですら気のつかなかった娘のことを知って励まされました」

「先生、私今子育て真っ最中、何もできないし時には疲れて、これでいいのかしらと落ちこんでいる時に御本読んで元気がでました。昔のガキ大将がガキ大将を育てます。おおらかになりました……」

三枚つづきの葉書にびっしり、一枚毎に番号がついて日付が皆ちがう。さやかちゃんは五月に第二子出生の予定。

「……嫩葉《わかば》のことを今までとちがった気持ちでしみじみと思いました。久しぶりに悲しみでない涙を惜しみなく流しました。娘の好きだったドイツのマールブルグを夫と再度訪れます……」

「私を登場人物にして下さってありがとう。嬉しいわ。いつまでもあの本のなかに生きていられる」

それぞれの思いをペンと声に托《たく》しての言葉だった。登場人物にされた家族もともに喜んで下さったことは私には大きな救いだった。

「なぜこんないそがしい時に送って下さったの。新年になってゆっくり読もうと思ってしまってみるんだけど、つい気になって読んでしまって、おかげで仕事の方はさっぱり。人とのかかわりの美しさ、きびしさ、悲しさ、その底にある人生観にひかれました……」

Aさんのいたずらっぽい目とうらみがましい顔が重なる。

社会的に学問的に一つの分野で責任のある方には未熟な私のくり言のようなものを押しつけにするのを心苦しく思ったが、今までのお交わりに甘えて遠慮がちに送った。ところが、この方たちが時間をかけてじっくりと読んで暖かい励ましと適切な感想を書いて下さったことに頭が下がった。

S教授は「『シャローム』はちょうど『神曲』をいっしょに読んでいた時代ですね。今度は今読んでいるミルトンの『失楽園』の時代になりますね。次を期待してますよ」とおっしゃった。ダンテの『神曲』は八年かかって読んだ。読み終るのを待って私はドイツの旅に出た。帰ってからミルトンの『失楽園』を読みはじめて二年あまりたっている。このさき何年かかって読み終るかわからないが『神曲』と同じように私の生活のなかに『失楽園』は根づいている。『神曲』は老いへの準備の時代、『失楽園』は老いを完成する時代とつぶやいたら、恐ろしいことを言う人だと笑いながら言われた。

メキシコからは「一冊は在墨の日本人の間で回読、一冊は自分の手許においておりおり開いている。日本の父はガンで余命はもうわずか……十年も日本に帰ってはいない」という手紙をくれた若い画家夫婦は、上の娘夢ちゃんがお腹にいるときに海を渡った。三人の日本人でもない、メキシコ人でもない、新しい時代の子供がのびやかに育っているようだが、彼女の望郷の心がせつない。

イスラエルの旅を共にした牧師もカリフォルニアで牧会し、そのなかの日系人の間で回読「土曜通信」という彼の通信に紹介している。スイス、フランス、ドイツ、カナダなど二十数冊がそれぞれの国の日本人のなかで回読されたり、読書会のテキストになったりして、在米の知らない婦人から手紙がきたりして生きて働いているようだ。

外国生活が長くなると日本のごく平凡な女性の一人言のような文章に、今の日本を知るのかも知れない。

「三木さん、申です。ソウルからです。こんなに遅い時間にごめんなさい。ご本、繰りかえしてよんでいます。どうしても声が聞きたくて……お別れしてからもう十年たちました。ずっと私たちに友人として接して下さったことを忘れません。こちらに帰って来ても弱虫の私は悩むことばかり。両親も夫も子供も韓国人、私もそうなのに、日本で生れ日本の教育で育った私は、韓国は祖国であっても故郷ではないのです。だから私の心は祖国韓国と故郷日本の間で揺れているのです……」

申さんは在韓の外国人にハングルを、韓国人には日本語を教えている。『シャローム』をコピーしてテキストに使っている。文章が簡潔でむずかしい言葉や表現がないこと、美しい日本語だと思うし訴えるものがあるからと、日英韓の三ヶ国語を話す申さんは、今の日本の若い婦人よりきれいな日本語で語る。時々こうしてお電話していいかしら、ほんとうに心のうちを話せる人がいないので……と昔の若かった日の申さんがそこにいる。

申さんを知ったのは彼女が大学を出てあるオフィスに勤めはじめた頃で、間もなく東京大学の博士課程に留学中の人と結婚、二人の子供を育てながら夫を助けて懸命だった。その頃、私は申さんの話相手になったり家族を食事によんだり親しくしていた。そんな時、申さんはほっとくつろぐようだった。今夫は韓国の要職にあるようだから、二つの文化のはざまで緊張も強く悩みも深いのかと察している。

『シャローム』のなかに私が問いかけているものがあるみたい。たんたんと気負わず、飾らず、そのくせ三木さんの考えははっきりと打ち出している。生き生きと生活しながら死をみつめている。この本の通奏低音は死、さりげない言葉に私は三木さんの通奏低音を聞きました。——三十代女性。

……日常のきわめて見栄えのしない出来ごとを時間をかけ心をこめて、静かに瞠《みつ》めている彼女の穏やかな眼《まな》ざしが読者の心に言葉でない安らぎを与えてくれる書物と思う。一言で言えば、さまざまなよい出会いのなかで、彼女が心を開いてその内側を私たちにみせてくれた……ある英文学者が、私の所属する会の会報にこんな過分な言葉で紹介してくださった。私へのいたわりをこめての言葉を有難く思うと同時に、消え入りたいくらい恥かしい。この本によって私はまた多くの生きていく力を得た。

高田先生への手紙

高田先生、私は今『シャローム』を出版してよかったと初めの虚しさが消えてしまいました。こんなに多くの人たちに、こんなに心に留めて読んでいただけるとは思ってもいませんでした。一冊の本は一冊でなく何人かの人に読まれていることは、三百冊は三百冊でなく、もっと多くの数になっていることを実感として感じます。大げさですが『聖書』の一粒の麦のたとえを思います。有難いことと感謝のほかありません。

この本はたしかに私の意志で出したものですが、先生の御指導があって私の心の泉が目覚めて湧き出したものです。それと先生の持っていらっしゃるものが二人の友だちの言葉を借りれば、通奏低音が私のそれと読者のそれがひびき合ったのでしょうか。

人生の残り少ない日にこんなしあわせを味わうことができて嬉しゅうございます。これからも私は私の通奏低音を奏でながら定められた日まで生きてゆきます。歩きはじめた『シャローム』がどのように読まれたかを先生にお知らせしたくて、お手紙を書きました。

一滴の水

この頃になって額にあてられた一滴の水の感触がよみがえる。

仏教徒である父の許で、私は当時の東京では珍しい仏教教育を受けて育った。四人の姉弟のなかでどうして私にそうだったのかよくわからなかったが、外で遊ぶよりは家で本を読んだりすることが多かったので自然に「美津子」になってしまったのだろう。朝お仏壇に向かってチーンと鳴らして手を合せるのは四人とも同じであるが、夕方のお勤めの時になると二階の仏間から声がかかるのはきまって「美津子」なのだ。五歳年長の姉はそれなりに忙しく、弟二人は腕白ざかりとなれば、どうしても逃げられないのが私だった。

「正信偈」に始まって「御和讃」、「阿弥陀経」、「御文章」など、その時々に父の後ろに座って相手をさせられる。しびれる足をもじもじさせながら、すっかり覚えてしまったお経を口では称えているけれど、心は先程まで読んでいた「秘密の花園」や「レ・ミゼラブル」「小公女」とあそんでいる。

毎月一回家でお説教というものがあって、本願寺からえらい坊さんが来て同信の者が集まって法話をきく。その前に私たち四人姉弟にお経を教えて下さる。それは両方とも意外に面白かった。そんなことで私は父に連れられてよそで聞いた法話の批評をするようになってしまった。生意気な女の子だった。

女学校三年の姉、小学校四年の私、二年の弟、幼稚園児の末弟を残して妻を失った父は手助けをする人はあったけれど、再婚しなかった。この子たちを育ててゆくために事業を縮小し十数軒の借家に変えた。借家人にはいい家主だったようだ。町内会の会長を長く務め、富岡八幡宮のお祭りには浅葱色の麻の着物に袴姿で神輿の先導する一面もあった。しかし内面の淋しさ、虚しさを浄土真宗に帰依することによって、安心を得ようと願っていたのではないか。その相手に適当に父親に反応する娘がよかったのかと、後年私は思うようになった。

私は女学校時代に友人に誘われてＹＷＣＡの水泳のクラスに入った。週一回学校帰りに思いっきり泳いで、カフェ・テリヤでサンドウィッチを食べるのが楽しみだった。ある日聞えてくる讃美歌に誘われて夕べの礼拝に出席した。それからなぜかその方に足が向くようになった。あれほどの仏教の家に育ちながらどうしてと思うのだが、昭和十年代の初めは軍靴の響きはかすかで、大正ロマンの残照のなかで、童話で始まる読書の世界、好きな美術、音楽の関係には外国のものが多く、その底流にあるキリスト教は案外私のなかに仏教とともに根づいていたのだろうか。

「南無ということは凡てを仏さまに任せておがむこと。アーメンとは凡てを神さまのみ心のままにということ。信じる信に変りない」と父は晩年私に言った。

「もう、いいかげんに洗礼を受けたら」と何度牧師にすすめられたことか。それなのに私は何時までもたゆたっていた。戦後の混乱と、すっかり変ってしまった価値観のなかで、私は右往左往しながらも教会に通っていた。

今まで敵国の宗教として迫害された牧師や信徒もいたし、時流に乗ったようなクリスチャンもいた。あの生と死の極限のなかで私が求めていたものは何だろう。真の平和、永遠の愛はあるのか。私はその答えを祈りと聖書に求めた。「アーメン」で終る祈りは神との対話であるし、対話は神に心を投げかけることであり、信頼でもある。それは愛であると思った。神は絶対の信頼を要求される故に神の愛はきびしく深い。愛のなかに平和が訪れる。祈りのなかで私に響くもの、それは幼稚な受け止めかたかも知れないが、人間を越えた大きな波のような力を感じた。心の内実を的確に語れるものでもない。小さい時から好きで暗誦している詩がある。

時は朝
朝は七時
片丘に露みちて
あげひばりなのりいで
神これをしろしめす

ブラウニング

私が持っていたキリスト教への思いと、祈りと、聖書と牧師の導きとで私の心が満ちた時、このしろしめす神に捕えられて逃げられなかった。

一九五一年クリスマス、大森教会の佐波牧師によって洗礼を授けられた。私は彼による最後の受洗者だった。ＹＷＣＡの夕拝から二十年あまりたっていた。

あの日額に受けた一滴の水の感触があの日から五十年たった今、ことさらに身にしみる。一滴の水は私の意志を越えて私を支配した。クリスチャンホームに育った夫との生活の基盤も、一人になって生きてきたよりどころも、あの一滴の水の重さだった。回心というか強い体験による信仰もあるが、たんたんと求め導かれる信仰もある。

たどたどしい歩みではあるけれど、あの一滴の水の重さがあって、私は私の終末に向かって、歓びをもって確かに歩いていると信じている。

クリスマスに想う

一、クリスマス・イヴ（一九五四年）

深夜の教会堂はかすかな息づかいで人がいるとわかるほど静かだった。説教台の上に揺れる蝋燭《ろうそく》の光で白皙の顔が闇のなかに浮かんでいる。どのくらいの人がいたのか闇のなかに沈んでわからなかった。

静寂をやぶって突然オルガンの音がひびいた。大草原を吹き抜ける嵐のように激しく。湖の小波とたわむれる風のように優しく。寄せては返す音がはたと止んで静寂にかえる。また高く低く響くオルガンの音、ひとときの静寂……。闇はいよいよ深く、オルガンの音はいよいよ冴《さ》えて、もどった静寂は人の存在さえ感じさせなかった。会衆は一つにとけて太古のかすかな光のなかにいたような時だった。北風の冷たさも、凍りついたような空にまたたく星も私たちとこのひとときをともに過ごしたような気持ちで黙したまま家路をたどった。

一九五四年国際基督教大学教会堂で行われたスイスの神学者、エミール・ブルンナー博士による黙想とオルガンのクリスマス・イヴの深夜礼拝である。年毎にクリスマスが巡って、クリスマス・イヴの礼拝も年毎にあるが、この時ほど心に残る礼拝を知らない。

戦後間もなく創立した国際基督教大学の招聘《しょうへい》を受けて、スイスのチューリッヒ大学の総長をなさった、世界的神学者であるエミール・ブルンナー博士が東洋の敗戦国の小さな大学に海路はるばると来られたのは、神の招命とともに並々ならぬ博士の決意があったのだと思う。公的なことは別にして、私たちは思いがけないご厚遇をいただいた。

その頃、遅い結婚にふみきって婚約中だった私たちは、間もなく竣工するはずの大学の教会堂で結婚式をあげたいと待っていた。どんないきさつでこうなったのか、夫亡き今となってはわからないが、ブルンナー博士が新しい教会堂で初めての私たちの結婚式を司式して下さることになった。大学のこと以外にも学外での宣教などご多忙をきわめた博士がなぜ私たちのこんな願いをお許しになったのか。スイスでもなさったことがないと、あとで知った。私はこの偉大な神学者による司式を、ただ嬉しく素直に受けとめていた。

博士は油絵をお描きになるミセスとミス・イリスという若い婦人と三人でキャンパスの奥の富士山の見える夕映えの美しい家に住んでおられた。お伺いすると、いつもすらりと背の高い美しいミス・イリスの手作りのスイス風のトルテでお茶をいただいた。博士はゆったりとご自分の椅子に腰かけて言葉少なく私たちを見てくださり、打ち合せは主にミス・イリスとした。

ミス・イリスは博士の御子息の婚約者だった。前年の夏、二人はアルプスに登った。登山電車に乗りこんだ二人が一瞬のうちに生死を別にしようとはだれが思っただろう。この電車の事故で、当時二十六歳のトーマスは即死に近い状態で亡くなり、ミス・イリスは怪我もせずに生き残られた。子息を失ったブルンナー夫妻の嘆《なげ》きも、婚約者を目の前で奪われたミス・イリスの心情も察してあまりある。

このことも博士の来日にかかわりがあるかも知れない。傷心のミス・イリスを慰めたい、しばらくの時でも彼女をトーマスの妻として、夫妻の娘としていつくしみたかったのではないか。ブルンナー夫妻とミス・イリスの日常を見ていると、三人の心の通いやありかたが言葉ではなく私に伝わってきた。ミス・イリスも二人の心を身をもって受けとめていらっしゃった。よきハウス・キーパーであり、家庭でのセクレタリーでもあった。

結婚式の次第はミス・イリスが私にメモを書いて説明してくださった。今のキリスト教による式とはかなりちがっていた。その式次第は保存してあるはずなのだが見あたらない。奏楽はその頃イエール大学から招聘されていた音楽理論のパークハート教授で、例のタン・タータ・タンとはちがう曲で足をふみ出すのにとまどったが美しい曲だった。祝祷の時に私たちに迫った温顔と拡げられた大きな手を忘れることはできない。

学者でもない、名もない一市民の私たちの結婚式は世界でもまれな精神的に恵まれた結婚式になった。一九八九年十二月九日、ブルンナー博士の生誕百年を記念して、チューリッヒのブルンナー研究所が中心になって記念行事があった。国際基督教大学からもS教授が参列された。今あらためて博士の業績が見直されているそうである。

わずか二年あまりの滞在で夫人の病気で帰国された。日本の神学界は博士を充分に受け入れたとは言えないと聞いていたが、博士に私淑《ししゅく》する人は学内学外に多かった。牧師や神学者、教師になった人たちや一人の市民として生きている人たちのなかにも、博士から引きついだいくつかのグループがある。その人たちによってブルンナー博士の精神的遺産は大きな力になって今も生きている。

ブルンナー博士はキャンパスのどこで会っても遠くから「おお、ミセス・ミキ」と大きな両手を拡げて私をつつみこむようにしてくださった。白い大きな手、長身白皙《はくせき》の偉丈夫といいたい風貌でまなざしの優しさが私の胸にじんとしみこんだ。ドイツなまりの強い博士の英語は何をおっしゃっても私にはわからなかったが、言葉をこえ、人種をこえ、国籍を意識しない豊かさがあった。

御帰国前のある日、ミス・イリスが、「ミスター・ミキがおじいさんになったら使って下さい」と博士愛用の杖を持って来てくださった。先が素直に曲った杖はブルンナー博士そのもののようにおおらかな気品があった。私はミス・イリスにしょうぶの花模様の浴衣と赤い帯を贈った。アイリスの花のような彼女によく似合った。帰国して数年たってミス・イリスはよい人を得て結婚された。「私は忙しくなりました。それは赤毛の赤ちゃんのせいです」と手紙がきた。私はこのことを一番喜んでいらっしゃるのはブルンナー博士夫妻だと思った。イリスさんも六十歳をこえられ赤毛の赤ちゃんも成人され、来日される予定ときいた。クリスマスが近くなると毎年ミセスの描いた風景画に博士のサインのあるカードが届いた。今も何枚か大切にしまってある。

ブルンナー博士夫妻すでに亡く、おじいさんになったら使うつもりでいつも我家の玄関にあった「ブルンナーの杖」を使うことなく夫も後を追った。

クリスマスの頃になると、私の心の中にただ一回の黙想とオルガンによるクリスマス・イヴがよみがえる。二千年前の闇のなかの光のような蝋燭のあかりと主の生誕をつげるオルガンの音がきこえ、あの静寂のなかに私たちがいる。

二、クリスマスに想う

雑木林の中にひときわ高く手を拡げている欅《けやき》、枯々のなかに緑濃い数本の赤松、空は刻々と茜をまして燃えるようだ。大きな太陽が沈む。西の空は茜から紫に群青《ぐんじょう》にかわる。雲は残光に輝きながら暗い空にとけ、きらりと星が光る。こんな冬のたそがれ、寒い北風のなかにたたずんで、私も夕映えにとけこんでしまう。クリスマスに近い頃のキャンパスの落日は壮大で今も心をそそられる。

待降節に入ると週毎に一本ずつ蝋燭がまして五本目の大きい蝋燭に火がつくとクリスマスである。子供はサンタさんは何を持ってくるかと胸をふくらませ、大人はその日のためにクッキーを焼いたり、プレゼントを用意したり、クリスマス・カードを出したり、心にきめた施設などになにがしかのものをよせたり忙しく、心豊かにその日を待つ時でもある。

二千年昔、世を救う光として生れたイエスの生誕の日を今に生きる私たちも待ち望んでいる。暗い闇の世のメシヤの物語として受けとめてもよい。子供の夢としてこの季節を家族の集いの時にしてもよい。キリスト教国でない日本の風物詩であっても俳句の季題となってもよいが、せめてこのクリスマスの時に自然の摂理にあらがわず、人の力だけでなくそれをこえた大きな力のあることを信じてもらいたい。よき訪れの時としてささやかでも愛の心の通うときであってほしいと願う。

キャンパスにくらした頃のクリスマス・イヴは、その日を一人で過ごす人や、寮に居残った学生たちを招いて夕食をともにするのが恒例となり私たちの楽しみでもあった。彼等がキャロルを歌いながら帰ったあと、私たちは静かにその時を待った。外のクリスマスツリーのかざりの電球だけを道しるべのように残して、玄関の灯も消し、窓の光ももれないようにして静寂のなかでその訪れを待つ。当時あった大学の牧場の近くの一軒家が私の家だった。大きな牛が門の前に寝そべって私は家に入ることができなくて困ったこともあった。牧歌的な風景だった。

聖夜、真夜中に近い頃、だらだら坂を下って来る小さな灯の列がこちらに向かって動いているのが目に入ると、息をひそめて耳をすます。空に鳴る風の音のなかからかすかな歌声が聞えてくる。風に灯が消されないようにかばいながら、厚いコートやマフラーや毛糸の帽子で着ぶくれた姿と顔が目に浮かぶ。

かすかなざわめきがぴたりと納まって、声をととのえ、「荒野の果に、夕陽はおちて、たえなるしらべ……」と歌い出すのを待って私たちも蝋燭を持ってキャロリングをむかえる。「メリー・クリスマス」と挨拶をかわしていくつかのキャロルをともに歌う。ベツレヘムの星に導かれて馬小屋のイエスにまみえる三人の博士たちの心のたかぶりを、私たちもこの時、ともに歌い祝う。

家々を巡って来るキャロリングの終着地にするには我家は都合がよく、私たちも言わず語らずのうちに熱いスープや小さなおにぎり、クッキーやケーキを用意して心待ちしている。年毎に人の入れかわりはあっても、あのだらだら坂を下りて来る歌声を待ちわびる私たちの心は、どんなに辛いことのあった年でも満ち足りていた。

若かった頃の私はこの人たちと同じようにキャロリングに加わって、蝋燭の灯をかばいながらあの野や丘をこえて家々を訪れることが楽しかった。いつの頃からか訪れるよりも訪れを待つことのほうに変っていた。空に鳴る風の音の中に聞えてくるキャロルによせる思いは、遠い夢のようでもあるけれど、あの夜あの歌声、あの人たちが生き生きとよみがえる。

クリスマスは待つこと。よき訪れを待つこと。メシヤを待つこと。

一九八〇年最後のクリスマス・イヴ。今の私は、ケアホームの一室でキャロリングにゆくこともむかえることもなくなったが「待つこと」が私たちの生きているなかで大きな意味と力を持っていることを考えている。「もういくつねるとお正月」「サンタさん早く来ないかな」「一年生になったら」子供たちは待つ。結婚を待つ、子供の生れる日を待つ、大人たちも日常の生活のなかで待っている。

戦争の終るのを待つ、平和を待つ、一つの事業の完成を待つ。社会的なかかわりのなかにも深い意味を持つ「待つこと」は多い。生きていることは待つことのようにも思われるし、待つことは夢と希望にもつながる。悲しみも待って時満ちれば美酒に変ることも知った。

この頃私たちの生活のなかで「待つ」ことがだんだんに窮屈《きゅうくつ》になったのはどうしてなのか。早いこと、待たないことがそんなによいことなのか。母親が子供に「早く、早く」とせかすのを見ている時、どうしてほんのちょっとの間をおくことができないのかと悲しい。美酒を醸すにはゆっくりとそのものが熟する時を待つ。時満ちてその芳醇《ほうじゅん》な香りを楽しむと言う。じっくりと時の満ちるのを待てないのだろうか。

イエス生誕の物語にも「マリヤ月満ちて初子を産み……」「八日満ちて幼児に割礼を定めたる日……」「モーセの律法に定めたる潔めの日満ちたれば……」(文語訳新約聖書ルカ伝二章より)と満ちてという言葉が出て来る。

満ちてということはその時を待つこと、待つことによってその時をむかえる心の準備も用意もできよう。待って時満ちる時までが長ければ喜びも深い。日常生活のなかでも「待つこと」を知ったら、相手の立場やまわりの状況にも理解が深まろうし、自分を客観的に見ることもできよう。

二十世紀最後の十年の第一年がもうすぐに始まろうとしている。ヨーロッパにも東洋にも、世界中に新しい時を予想されるような動きがひしひしと迫る日々である。流血の惨事も「待つ」ゆとりがあったらさけられたかも知れない。地球の命すら危ぶまれる日、ひたすらな利潤の追求を急がずに少し待ったら、何かが見つかって地球のよみがえりにつながらないか。待って考えて大きな方向転換ができないだろうか。

二千年前の人たちが時満ちてこの世に生れたイエスを待ち望んだように、二十一世紀を時満ちて喜びをもってその日を現代の人はむかえることができるだろうか。

新しい日

十月の半ばすぎに私の骨折、その前から弟は、若い頃結核のため取った腎臓の残った一つが悪くなり五月から入院していた。何とか年内に二人とも退院にこぎつけた。歩くことは何とかできても細かい身のこなしが不自由なまま年があけ、恒例の新年の集まりを二月にやるような、事故の多いあけくれだった。

それでも、それぞれの生活のなかに思いがけない輝きをみることもあるし、自然の摂理のなかで、私は日毎に「老い」という新しい現実を新しい気持ちで受け入れるようになってきた。

弟は厳しい食事制限をなかなか守れず、そのつれあいも息子夫婦も手をやいている。昔の私だったら、弟や家族にもっと気をつけてとか、理屈っぽく言っただろう。今、弟をみていてそのような言葉は出てこない。それなのにこの弟は「用賀の姉き、うるさいから……」と家人に言う。末っ子で自家営業でもあって、いつもワンマンがんこを貫いている弟である。家業は息子が充分やってはいるけれど、城明け渡しの悲しさが私には痛々しい。私がゆくと言った日はその頃になると「姉さん、まだか、電話しろ」とか車で迎えにゆけとかうるさいらしい。「うるさい」という言葉は、〝たまには来い〟の裏がえしのようである。

大宮の弟夫婦は、肺ガンの手術をした義妹の入院中に、関西に住む子供たちの近くに予定通り引越した。ガンであることは義妹も承知しているが、進行ガンであることは知らない。ガンという病気の宿命を知っていると思うからそこまで言う必要はないし、主治医が手術のあとで「ガンは老人病の一つです。義妹さんがかりに三年生きたとしたら、そのあいだにガンでない人もまたたくさん亡くなっていきます。だからその日その日を大切に生きることですよ……」と言われたことをそのままに受けとめたら、心が少し軽くなった。

私は私のできるだけのことをしてあげたかった。自分が自分でないような日がつづいた。手術が無事に終り、放射線治療も特別な副作用もなく七月のはじめに退院、そのまま奈良の新居に帰った。この義妹とは育った環境も性格もちがうし、義妹は現実的な考えをもっているので、いつも夢のようなものを追いまわす私を、わがままで世間知らずで……と思っていても無理はない。それがどうしたことか私といっしょに水墨画をやりだした。義妹はそのなかで私の交わりのなかにもとけこみ、時にはビールを飲みながらの画論を楽しんだ。そして少しずつ私の生きかたを知るようになった。いろいろなことがあったが、今弟は陶芸を趣味として一すじに土をこね、彼女の絵も時には役に立ってほほえましい。「お姉さんの生き方がやっとわかってきました。退院して奈良に行ったら少しずつまねしてみます。それに子供たちに夏の軽井沢だの楽しいことをたくさん有難いと思っています。そして今度も……」もうそれだけで充分である。私は弟と結婚した彼女がともに充実した日を過ごし、一日も長く命を保ってくれたら言うことはないのである。

もう一人、私には姉がいる。この姉は二・二六事件に加わった夫を持って、戦中戦後を通して事多かった。今三人の男の子がそれぞれに社会人として安定した生活をし、姉夫婦は二男とともに石岡に住んでいる。昔の波乱は遠いもののように孫たちの世話にあけくれ、東京生れ東京育ちの夫婦は昔からここにいたような顔をしている。子供三人も孫たちも私にはことにかかわりが深いが、子供のいない私にその時々にちょっぴり子供代り孫がわりの楽しさを味わわせてくれた。私がしばらく行かないと甥のつれあいが

「子供たちがおばちゃんのチーズケーキ待ってます」とさりげなく誘う。おばあちゃんが待ってますと言わないところがいい。

この数年、この姉夫婦と川崎の弟夫婦といっしょに北陸や関西の旅をすることができた。大宮の弟夫婦は山好きだし関西に二人も子供がいるので同行しなかった。「美っちゃんのいいようにすればいいよ。でも宿だけは日本旅館、枕をならべてしゃべろうよ」は義兄。「前の晩は家で泊って、新横浜まで正明に送らせる」と弟。女性二人はのんびりゆったり気が合ってお土産を買ったり、御朱印帳に印を押してもらったり、美味しいものがあれば文句なし。私は小さな旅行社の添乗員よろしく、皆の希望を推しはかりながらプランをたて、疲れないようにタクシーをうまく使って、のびやかな旅をした。鞍馬の花の盛り、季節はずれの貴船の春の膳、そぞろ歩いた疎水《そすい》べり、奈良の田舎、金沢の近江町市場で送った活魚。そして必ず勝手に雲がくれする弟と私はけんかをする。三年坂の真中で、法隆寺の出口で、金沢の駅で、私は心配させた罰にお昼をご馳走させる。こんな旅の日はもうないだろう。

二人の弟は二人ともガンコで時々つむじをまげてゆききしなくなる。そのくせ「大宮はどうしている」「川崎はしょうがない」と私に様子をきく、もう面倒みきれないと思う。

私たちのきょうだいの老いの日はこうしてはじまっている。老いの姿は人によって異なるし、感じかたもちがう。いいにつけ悪いにつけ、私にとって老いは未知の世界であり、新しい日である。死もそのようなものに思われる。

写真を燃やす

しんと寂しさが私をつつんだ。世界中の淋しさの中に身をおいているような、それでいて、これでいいという充足感と今こうして生きていることそのものが、何か大きな不思議なことでもあるような……。

白い煙が早春の空にゆっくりと流れていく。枯枝を燃やす匂いって何とかぐわしいんだろう。ぽきんぽきんと折ってはくべる枯枝、昨年から庭に散り敷いた落葉の湿った匂いも、忘れていたものを私に取りもどしてくれる。

バーベキューコーナーのベンチに腰かけてそばにつんだ写真を朝からやぶいては燃やす作業をつづけている。たくさん一度に入れると、形がそのまま残ってしまって匂いも形も美しくない。折々に枯枝を足しながらゆっくりと燃やす。炎の色も穏やかで優しくなくてはならない。なぜなら、この作業は夫と私の生活のなかに残っていたものの最後の形ある絆《きずな》を消すことだから。そうは言っても一枚一枚の写真はその時その時のメモリアル。どの一枚にも私達夫婦の生活を支え、共に語り、共に学び、喜び、悲しみ、信仰に生きた大切な人の姿がある。あの時、この時の姿はその奥にある心象風景である。一枚取ってはその人を思い、一枚取ってはその人の言葉をきく。ある一枚に見入れば風の音がバッハの曲となり、フォーレのレクイエムになる。皆忘れがたい一齣《ひとこま》一齣である。

ああ、何と豊かな人のかかわりの中に生きて来たのだろう。その思い出を燃やすことは心が痛む、でもかけがえのない大切なものだからこそ燃やすのである。形のある物は何時かなくなるけれど、私の心の中に現像された夫と私の忘れがたい思い出は、永久に生きている。

K町の山荘は、退職後の住居として用意してあったが、一年くらしただけで夫は他界した。一人になってみればいくら冬の静寂のこの町が好きと言っても、長距離の車の運転や力仕事ができなくなった私には夢のような話だし、夏の一時でも来る人に頼るわけにはいかない。私の目と手が充分に届かない山荘は何となく荒れていくようだ。

夫と私は、二人が亡くなったあとの山荘は夫の勤めていた大学に差し上げよう、私達が愛した学生たちの役に立つものならどのように使ってもらってもいいではないか、と話をしていた。

夫が去ってから十年あまり、私も老いの日を迎え、少々体の不自由もあって早々に老人ケア・マンションに入居することにきめた。人生の転機の時に、かねて二人の語り合いを実行したいと思って大学に申し入れた。幸い快く受けて下さることになった。嬉しかった。夫とともに人生の一番充実した時を大学のキャンパスで過ごし、豊かな時を過ごした。山荘にも大勢の学生が訪れてくれた。卒論ゼミ、人形劇クラブ、室内楽クラブ、卒業生の集まり、新婚旅行、時には私も仲間に入れてくださった。

決してよいことばかりの一生ではなかったが、山荘は私たちの憩いの場であり、心のよりどころだった。

それに今の私の生活に余分なものは必要ない。遺族年金と自分の年金といくらかの貯えとでケア・ホームの生活は支えられよう。好きな絵を描き、小さな文章を書き、古いオルガンを弾き、人との交わりを楽しむのに何ほどのものが要るだろうか。それより持っているしがらみから解放されて心が軽くなった。老後のことを思いわずらえばきりがない。自分で選んでこの生活をはじめたのだし、私の姉弟も夫の関係の人たちも、大らかに見ていてくれるのは有難い。

大きいものはあらかた処理してしまったが、いつまでも心に残って困るのは写真である。もともと私は写真というものを上手に扱えない。アルバムに整理することは、夫婦とも不得意。正直に言えば、風景や花の写真はいいけれど、自分が被写体になるのはなるべくさけたい。旅先での印象はスケッチかよく見ることで心に焼きつく。それでも皆様から写していただいたものは大切で大きな箱に二つほどある。今回やったことは、それを燃やすことだった。それは私たち夫婦の現身の終りの整理といえよう。

夫の没後、家を訪れた人から「三木さんの写真は」とよくきかれた。私は自分の部屋に額縁に入れて飾ることができなかった。お葬式にもできれば写真を使いたくなかったが、これは世間の常識に従った。もうこの世にいない人の引きのばした肖像は悲しく、淋しく、言いようのない虚しさにおそわれる。

避暑地として定評のあるK町であるけれど、私たちは秋から早春の本来の姿にかえった頃が好きだった。ストーヴの炎をみつめながら黙ってすごした夜、秋の日ざしの深いベランダで浅間ぶどうのジャムの澄んだ色を楽しんだお茶の時、リスはクルミの実を求めて庭先を訪れる。コリーのベルもこの季節は放されて思いっきり走る。林の中や野原を駆けるこの犬は優雅で美しい。夏のにぎわいとは別の私たちの世界があった。そのような写真はないけれど情景は鮮明に描かれる。

だから写真を燃やす時は、この季節でなくてはならなかった。私は葬式不用論者だし、今後私の写真を残すことは、あとの処理をする人に心の痛みを残すことかも知れないし、いっしょに写っている人には失礼な扱いをすることになるかも知れない。

かさ高く残った煤はふわっと暖かい。じっと見つめているとずっと昔からここにこうしていたような気がする。たそがれが迫って落葉松林の上の空が茜色に燃えている。四季それぞれのこの時間が好きだった。虚しさと淋しさが潮のように引いて何か新しいものが生れて来るようだ。

「さようなら」もう訪れることのない山荘。

写真を燃やした日から十五年近くの日が流れた。

白鳥（I）

白鳥が私のなかに住みついてから何年になるだろうか。小さな中国の絵にヒントを得て私の白鳥が生れた。それは未熟で稚拙な絵であるけれど、描くごとに白鳥の姿に新しい興味が生れ、いつも心のどこかに生きているようないとおしさを育てていた。

花鳥山水を本筋とする中国や日本の絵のなかにもしばしば鳥は登場する。鶴や鷺の端正な姿も鷹や鳥の孤高なきびしさも雀や鶏だって傑作があるのに、どうして私は白鳥なのかと不思議に思う。

ドイツで過ごした数ヶ月のあいだも私はよく白鳥にめぐりあった。南ドイツの家は外壁いっぱいに絵が描いてあり、その絵をみつけると南ドイツだなと思う。ミュンヘンからチロルに旅した時もそのような町や村を通り抜けた。その絵のどれかに必ずと言っていいほど白鳥の絵をみかけた。神話のなかのものかも知れないし、童話のものかも知れない。泥絵具のような素朴な色も、大らかな構図も暖かく優しかった。

フランクフルトから週末の旅の途中で、アウトバーンを下りてたどる町や村は、同じように見えながら、それぞれの個性を持ったたたずまいがどれほど私を慰めてくれたことか。観光コースに乗らないような町のフェストのパレードを待った橋の上から見た白鳥は、家族のように仲睦まじかった。パレードは中世の騎士の服装をした音楽隊がすすみ、その後を大きなカールをたらした鬘をかぶり昔のままの色あざやかなコスチュームを着た少年少女が、かわいいしぐさで時々おしゃべりなどしながらつづく。その後をもうビールやワインで頬を染めた人々が陽気に歩いていく。それと同じように水面の白鳥も行列をして泳いでいくのがほほえましかった。

橋の上にたたずむ私の後ろから「あなたは日本人ですか?」とたどたどしい日本語が聞えた。若い男性だった。いぶかしげに振り返った私に「ドイツ好きですか? フェスト楽しいですか?」と問いかける。「ドイツは好きだし、この街もフェストも気に入って楽しんでいる。あなたは日本でどうでしたか?」と聞いた。「横浜に住んでいました。学生で四年いましたけど日本も日本人も好きになれませんでした。今も……」と言葉を切って「でもあなたは嫌いではありません」と言って今までのきびしい顔をほころばして「さようなら」と言って去って行った。川岸の町のフェストと白鳥の行列とあの青年の姿は、もう町の名も忘れているのに、今もまだ私の心のなかに描くことができる。

ミュンスターは中世がまだ生きていて、大学を中心にした落ちついた町である。学生の街であることを象徴するように自転車の街でもあった。赤煉瓦《れんが》を敷きつめた自転車道路をジーンズにTシャツの学生たちがすいすいと走っているのが街の古さと調和して、若さがあふれてたくましく気持ちがよかった。そのミュンスターの街にもう一つの別世界があった。私の住むケアマンションを運営する修道会の総本部がこの町にある。修道院と医科大学と老人ホームを含む一つの聚落のようであり、王国でもあるようだった。私はこの修道院のゲストとして数日滞在した。ドイツ語は挨拶語だけの私は日本語の全く通じないこの王国の賓客として、心のこもった暖かいもてなしを受けた。大らかな修道院院長や秘書課長のシュベスターは英語の話せるシュベスター・フランセスを私につけてくださって思いがけない世界を知った。修道院の厳しいミサにプロテスタントの私を列席させてくださり、医科大学や附属病院、老人ホームを見学した。博物館で大きなドイツ人にキスされたり、川岸の古い教会を特別に案内してくださった。そんなある日の午後、細かい雨の煙るなかをシュベスターの運転で郊外をドライヴした。カントリー・コンベントとおっしゃったので田舎の修道院だなと私は思っていた。車は田園地帯に出て川岸の白い可愛い建物の前に止った。白い修道服をまとったシュベスターが私たちを中に入れてくださった。甘いお菓子の匂いとコーヒーの香りがした。お茶に招かれていたのだと知った。十二人の若いシュベスターがここで生活している。部屋も人もお茶も暖かく、五月の寒さにかたくなっていた私の心も身もほぐしてくれた。

お茶のあとで地下の食料貯蔵庫を見せてくださった。いろいろなジャム、果物や漬物の瓶詰、チーズが清潔な棚に色や形の調和もよく並び美しい音楽が聞えてきそうな部屋だった。この修道院はこのようなものを造るのが専門の修道院とのことだった。

修道院院長が私をかかえるようにして自分の部屋へつれて行かれた。この修道院は修道尼会らしくどこも可愛く美しかったが、その部屋は外にある公園に向かって小さな橋がかかりその下を水が流れていた。私たちはその橋にたたずんだ。言葉ではない安らぎのなかにいた私の目に、ゆったりとたおやかな首をのばした白鳥が目に入った。対岸の緑、水の音、白鳥、ここに住む十二人の白衣のシュベスターも白鳥の化身のように思われた。

その旅からもう五年あまりたつ。先日新書の紹介を見ていたら『白鳥のシンボリズム』という本が目についた。私はさっそく取り寄せた。著者はパリ大学で博士号を取った女性で、その研究は白鳥のシンボリズムに言いつくされているようだ。難解ではあるが、神話に始まって近代文学や美術一般に例を取り私には興味深い。ギリシャ神話のレダの白鳥はゼウスの化身であったように、あの白い白鳥のさまざまに現わすものは女性であり、幼児であり、清純であり不純であり、エロスであり、愛であり、生であり死である。極まるところのない白鳥のシンボリズムに魅せられた著者の追求していく姿に、私の姿を見るような気がしてきた。

私の白鳥に寄せる思いは一枚の絵からだけでなく、小さい時から心のなかに棲んでいたのではないだろうか。幼ない頃の私は体を動かすよりも本を読んだり、空想にふけったり、絵を描くことが好きだった。そのくせバレリーナや宝塚のスターやフィギュア・スケートやダンスにあこがれて、生れ変ることができるならば、そのようなものになりたい。物語のヒロインになったり、自由に空をとんだり、動物語で話したり、空想のなかに真実を求めたかった。この願いは現実の生活のなかでいつも燃えつづけていた。

人生の終りに近く私は白鳥の絵を描くことに憑かれてしまった。幼ない時からの夢を白鳥を描くことによって具現したいのだと思う。私の描く絵は伝統的な水墨画であるが、形だけの白鳥でなく、ゆたかにシンボライズされた白鳥を描きたいと思う。日本では白鷺が白鳥に似て地方の伝説や神事に登場して、シンボルとしての白鷺を見ることがあるけれど今のところ白鳥ほどゆたかに私に語りかけない。いつか白鳥だけの個展をやりたい。西洋の絵にはミケランジェロやダ・ビンチのレダなどがあり、音楽にも「ローエングリーン」や「白鳥の湖」なぞ多彩である。

今、私の心のなかに水墨画による白鳥をゆたかに描いてみたいと大それた夢が生れている。

白鳥（Ⅱ）

不順だった夏につづいて九月から十月にかけて、次々に生れる台風と秋雨前線とが連れだって日本列島は南から北まで雨雲に覆われた。台風一過という小気味よい日もなく、だらだらと雨ばかり、雨好きな私も青空が恋しかった。

やっと秋晴れの日が訪れて十三夜が過ぎ冷たい風が快い日、長子さんからの手紙が届いた。

「白鳥が渡ってきました。ただいま九羽。三木さん、おいでおいでと呼んでいますよ。早く来てください」

夏の終りの日を、私は親子ほど年のちがう長子さんと吉祥寺の画廊で「二人展」をやった。この作品展は全く予定にないことだった。前年の秋は油絵をやる男性の誘いで「墨と油の二人展」を同じ画廊で開いた。自分から動くことの少ない私はどうしたことか、誘われるとつい乗ってやってしまう。相手の方にお世話になりながら、やることで私自身も少しは勉強もするし、多くの方に見ていただき、ご批評をいただくことで、楽しくありがたく、いつも「やってよかった」と感謝する。

「墨と油の二人展」のあとで長子さんから「来年私といっしょに……」と誘われたが、あまり間をおかないで同じ場所で未熟な絵をつづけて見ていただくと「毎度おなじみの下手な絵を……」って言いたくなるから、長子さんあなた一人でおやりになったらと、個展をすすめて画廊を紹介した。そのまま私はそのことを忘れていた。

四月末のある日長子さんから電話があった。

「三木さん、私、困ったわ。十月末に赤ちゃんが生れるの。とても個展はできそうもない。ずっとそのつもりでいたのに……。赤ちゃんもほしいし、半分どなたかと思うけど、やるなら三木さんとやりたい」

困ったことになってしまった。それなら止めなさいというのは簡単だけど、年は若くても画歴は長く、大学を出てからしばらく勤めて結婚、海外転勤、三年目で帰国して二年ぐらいになるだろうか。帰ってきたら作品展をやりたいと勉強していたのを私は知っていた。赤ちゃんが生れれば育児にせいいっぱいで絵どころではないだろう。同門の義妹は「一人っ子ってかわいそう。つづいて一人ほしくなるわ。そうなると十年ぐらいは個展はできないでしょうから、ごいっしょしたら」と事もなげにいう。「およそ事をなすには時がある」どこかで読んだ言葉だ。長子さんにとってその「時」かもしれない。何となく納得して「二人展」にふみきった。

長子さんになるべく主役をつとめてもらおう。長子さんの出品作がきまってから私はきめればいい。年は若いが長子さんの作品はしっかりしているから、私はいつかやりたい個展に備えて少々の冒険をしてもよいかもしれない。裏打や額装のことを考えると日がないが、私はやはり一点は白鳥を描きたかった。長子さんの花鳥に対して私は風景を主として白鳥でいこうときめた。半切大の横長の紙に群としての白鳥と個としての白鳥を木と水の風景のなかに入れたかった。限りある上下に拡がりを感じさせたい。完成に至らなくても、大きい空間に羽ばたき、憩い、命の強さを表現してみたい。

会期が迫って、案内状だの細かい事務的なことで長子さんに会うことが多くなった。日毎にお腹が目立ってきたが、暑いなかを彼女は生き生きと働いた。

「赤ちゃん、お願いだから、ママのお腹のなかでおとなしくしてね」私はお腹の赤ちゃんに語りかけている。二人の協同作業に長子さんの夫やその友人も搬入や展示の力仕事に力をかしてくださった。

作品はほどよいところに納まった。私の白鳥も横の空間をうまく使って場所を得た。

秋田から上京した母親の心配をよそに長子さんは会期中大きなお腹で堂々と来場者に応対していた。長子さんは交友関係者へ、私は同好者と専門家へと分担して出した案内状がよかったのか、いつも人がたえずなごやかだった。

二人がいっしょにいると「まあ、お嬢様とごいっしょで羨ましいこと。お孫さんもすぐでお楽しみですね」と本気で言われる一幕もあった。

「私たち転勤で新潟へゆきます。三木さんいつか白鳥が風を切ってとぶ姿がみたい、湖をわたる風の音が聞きたいって言ったでしょう。私たち、赤ちゃんもいっしょに白鳥を見ながら風の音を聞きましょう。待ってます」と終りの日、白鳥の前に立って長子さんがそんなことを言った。

四日閉会、六日には新潟に向かう。新潟は美しい町だからお産は新潟でするという。

長子さんの夫は「楽しい会になりましたね。妻の趣味を助けるのもいいものです。ほんとうに白鳥に会いに来てください」と私の絵を家に運んだ手を振った。

さわやかな風に乗って若い夫婦の車は夕闇に消えた。

紙は生きている

高田宏氏の『和紙千年』を読んだ。同氏の作品はほとんど目を通しているが、この本には今までとはちがった思いがあった。

氏の作品はどれも自然に対する暖かいまなざし、深いいたわりがあってそのなかで人間はどのようにかかわってゆくかを語っておられると受けとめてきた。

屋久島の縄文杉の数千年の歳月を閲した生命の力強さに畏れをいだき、ブナの原生林の失われていく姿に、人間に訴えるようなブナのうめきを聞き、「木」に対する愛情とこだわりを通して、人はもっと謙虚に地球に接し愛さなくてはならないとつぶやいておられる。何かの手や力の加わったものよりも、ありのままの姿をそのままに、素朴な生の営みを続けるものに息づいている命や霊気のようなものを、高田氏はことごとに歌いあげてきた。

『和紙千年』は少し趣がちがって、植物から生み出された、繊細で美しく、強靭《きょうじん》な命を持つ和紙について書いておられる。読みすすんでいく折々に挿入されている、美しい色どりの和紙に改めて装丁を見なおした。落ちついた品のいい、はなやぎのある本を手にしながら、昔義姉の手から私に渡った美しい本のことを思い出した。中央公論社から出版された『源氏物語』（谷崎潤一郎訳）の初版本である。

和綴のうすみどりの表紙の薄手の本だった。十冊くらいあっただろうか。おそらく全部和紙が使われていたのではないかと思う。巻ごとにその場面にふさわしい色の透し模様の入った紙が挿入されてあった。若紫の巻は淡い紫の紙に几帳のかげから紫の上のものと思われる長い髪の毛が流れている絵が漉きこんであった。

谷崎氏の流麗な文章と軟かい紙の感触とほのかな匂いとは、今も新しいもののように私のなかによみがえる。戦火のなかに消えてしまったが、今どこかにあるならばもう一度、ふれてみたい本である。

私も老いの日をむかえて、身辺不用のものはなるべく処理して物にわずらわされない生活を心がけている。「買わない。増やさない」とつぶやきながら暮らしているが、どうしても増えていくものがある。

趣味の水墨画のために「手漉」の紙が欠かせない。紙によって墨色、にじみ、かすれが微妙に異なる。自分の描きたいと思うものにふさわしい紙を選ぶので、日本の紙、中国の紙とさまざまな手漉の紙が増えることになる。同じ銘柄でも造った年や季節、保管の良否で同じではない。いい紙があると聞けば、つい買ってしまう。何と言っていいか困るのだけれど、紙たちは素直に私に応えてくれる、それ以上の表現をしてくれると気をよくしていると、私の未熟を冷笑するように自由にならない。その繰りかえしのなかで私は筆と墨とで紙の空間に遊んでいるのかもしれない。

「手漉」の紙に描いた絵はそのままでは未完成で、裏打をすることによって、墨色も筆使いも生き生きとして絵として完成する。裏打は専門家にたのめば高いので、ある人に弟子入りして裏打の技術を教えてもらった。経師までやるのは素人には無理なので本紙の裏打だけに限った。それ以上のことは素人が軽々しくできることではない。必要なら本職の手をわずらわすべきだと思う。

裏打をやってみて、また紙というものは大変な代物だと実感した。裏打とは作品と裏打紙をはり合せるのであるが、まず作品に霧を吹いて、適当な湿りを与える、裏打紙に薄糊を刷いて本紙に合せ、裏から撫刷毛でなでて板に貼り、四、五日乾かす。これをはがすとぴんと張った紙面にすっきりと絵が現われる。期待と不安と喜びの一瞬である。

裏打も天候、紙質、糊の質や濃度、その日の気分にまで左右される、職人芸とでも言おうか。正確さ、細心にして大胆な刷毛使い、一種の感の良さも要求される。時たま友人の絵を裏打してあげると「これ私の絵、私ほんとうにこんなステキな絵描いたの」とびっくりする人がいる。

先年世田谷区の和紙造形大学で二泊三日の紙漉きを体験した。群馬県の川場村という山村である。参加者は二十名ほどで第一日はオリエンテーションのあと付近を散歩した。秋の深い日ざしを受けて川が光り、コスモスが揺れ、欠け落ちて苔むした馬頭観音の角を曲ると、見わたすかぎり白いそばの花だった。

次の日いよいよ紙漉きの実習である。大きな水槽のある和紙造形工房のS先生の指導で始まった。六、七人のグループに別れ、私のグループは美大生五名を含む女性七人だった。すでに楮《こうぞ》は煮たものが用意されていた。この楮を台の上に置き棒でたたく。これを紙砧とも言うそうだ。それは意外に力のいる仕事で若い学生方といっしょで助かった。こうしてたたきにたたいて残った繊維を水に晒《さら》してしぼり、大きな水槽に入れ、トロロアオイの根から取った粘液を適量入れてよくかきまぜると白い乳状の液になる。分量の割合は教えられなかった。これが和紙の原料になる。私たちは順々に漉枠をその中に入れ、指示された通りに液を流し入れ、揺りうごかし、枠に行きわたらせる。ここで紙の厚さがきまるようだが、私は夢中だった。こうして残った紙は台の上に返し枠を外す。次々と出来た紙を重ねて上から圧力をかけて水分を取る。それから一枚一枚を外で乾す。海苔を干している風景に似ているが、紙の白さがまぶしかった。不細工ではあったが、愛着が湧いた。水槽の水は手がちぎれそうに冷たかった。清らかな水と乾いた空気、ほどよい冷気が上質の紙を造る。和紙は寒漉きがよいときいている。

和紙の原料としては楮の他に雁皮やみつまたが、粘液を取る植物としてはトロロアオイのほかにのりうつぎ等が使われる。和紙の漉きかたは私たちが体験したような方法が基ではあるけれど、越前・石州・石見・出雲と土地の名で呼ばれる和紙が多い。昔から紙漉きの条件をそなえた、その土地その土地の風土のなかに住む人たちによって生れ育まれたからこそ、美しい和紙は千年の命を保ち、私たちに語りかけるのだろう。自分で漉いた二枚の少し厚目の和紙を大切に持って帰京した。

私の狭い部屋にあるさまざまな和紙はその命のなかに私をつつんで、晩年の生きる日を豊かにしてくれる。自然の恵みによって生れた手漉の和紙は、人の手と心が加わって確かな芸術作品ともなり、千年の命を保って静かに生きていくのだろう。

『和紙千年』の著者の思いが未来に向かって実りあるように祈り、ままならない私の紙たちをなだめたり、すかしたりしながら「紙は生きている」と愛おしく思う。

アラスカの旅（オーロラ）

夢か、あこがれか、未知の世界への好奇心か、私は長いあいだ三つの願いを持っていた。

絵本や童話の好きだった私は、長じて内外の小説なぞを読むようになっても、老いても尚それをひきずっていた。

今、私の朝食用の食器は、少々恥かしいがピーター・ラビットのセットである。コーヒーの香りのなかでいつかラビット一家の故郷を訪れたいと思っていた。

もう一つはブロンテ姉妹の物語の舞台であるホワースでヒースの原を渡る風の音を聞くことだった。

数年前に甥の住むフランクフルトに滞在した時、彼の家族とともにヨーロッパの各地を巡った。大小の湖の点在する湖沼地帯は雨に煙ったり晴れたり夏なのに寒かった。人影のない荒涼としたこの地で、あの暖かいピーター・ラビットの物語が生れたのも、何となくうなずけた。詩人のワーズワースもこのあたりに住んでいたと教えられて興味をそそられた。ホワースの街は甥たちも気に入って予定より一日余計に滞在した。私は一人はるばるとつづくヒースの原を渡る風の音の中に心を投げかけた。

残る一つの願いはオーロラを見ること。それは多分子供向きの天文の本でみたのだと思うが、この素朴な願いは果すことなく何十年も私のなかに眠っていた。

ある日若い友人と雑談していた時、一人が「私、来年の二月にオーロラを見にゆくの」と言った。その時「私も行きたい」と口から出てしまった。自分の齢も立場も考えなかった。眠っていた思いが目覚めたように私はオーロラに向かって駆けだしていた。

幸い企画した旅行社も友人たちも快く同行を受け入れてくださって、二月半ば例年になく寒い東京を、アラスカのフェアバンクスにあるチェナに向かって飛び立った。

オーロラに出会うことはひたすら待つことだった。夜十一時、私たちはレンタルの極地用防寒服に身をつつみ、タイヤが私の背丈ほどもある頑丈な雪上車に乗り込み、山の上のパオに向かった。パオは防寒設備が整っていて、熱いコーヒーやココアの用意もあって、すでに何組かの観光客が待機していた。

「あっ、出た」という声に何度外に出ただろうか。たしかに木々の向うにかすかな色の動きがあっても、それはたゆたいながら消えてしまう。そんなことを繰りかえした後、私は一人外に残った。

何という静寂、なんという暗黒、何という安らぎ――私は寒さを感じることもなく空を見上げた。

満点の星が命があるようにまたたいている。地球を覆う大きなドームのような空は、恐ろしいほど大きな天空だった。

宇宙は広く限りない。地球はその下に多くの命あるものを育んでまわっている。この大きな宇宙に生きる私たちのいとなみとは何なのか。いつもどこかで争い、傷つき、憎しみ合うことがあっていいのだろうか。こんなに美しく大きな宇宙にある地球の存在を改めて実感した。私は急に寒さを感じて、急いでパオに入った。

ツアーの人たちは午前一時に帰った。私たちは三時までの予定だったので、静かになったパオでまたひたすら待った。

向うの山のあいだがほのかに明るくなった。黄色と青を含んだ光はみるみる上空に広がっていく。天空のドームの上の方まで大きく揺れ、たゆたいながら流れていく。光は黄と青を基調にしながら見つめているとかすかに赤や紫を含んでいる。ゆっくりと揺れながら空のかなたに吸われ、また現われる。私たちが写真で見ているように鮮やかではないが、ダイナミックに宇宙を彩る光である。ほのかな彩りであるから、なお私の想像力をそそるのか。それは見る人の目を通し心を映した、それぞれのオーロラなのだ。まだこの光芒が消えぬまま時間が来て、また雪上車でホテルにもどった。

「あっ、オーロラ」と誰かが叫んだ。私もその方に目を向けた。今下りて来た山の向うに赤い色をおびた緑がかった光が静かに広がっていた。フィナーレの垂幕のように。後から来た人に知らせた時には、もうかすかな光を残して消えていた。

四泊したホテルから他の人たちは毎夜近くの山へ見に行ったが、この時のような見事なオーロラはもう現われなかった。

帰る日の午後、私と友人は犬橇《いぬぞり》に乗って白樺《しらかば》の林の中を走った。十四匹の犬が曳く六人乗りのソリは二メートルはあると思われる大男の馭者の意のままに雪と氷の細い山道を、十四匹と一人と六人が一体になって右に左に走る。白樺の梢に凍った雪がキラキラ輝きながら山の斜面にかたむいて私たちの肩にふれた。二月半ばの極地に近いこの地なのに、林の奥にあわい緑がかすかにあるようで、ふと早春を感じた。

四泊したチェナのホテルは、ロビーで大きな羚羊の剥製が迎えてくれるだけのこじんまりしたものだったが、居心地がよかった。この地が気に入って住みついている日本人も従業員のなかにいると聞いた。

深夜フェアバンクスを飛び立った飛行機の窓からのぞいたら、はるか下界の山間から、大きなオーロラが生れていた。

夜が明けて視界は一面のツンドラ地帯、厳しい表情の大地を区切るように凍った川が幾筋か見えた。どこまでもどこまでも続く風景のかなたに虹が現われた。大地から天上にたてかけたような七色の大きな虹だった。

アラスカの厳しい自然の中の何とも言えない寂寥感と孤独感の中で見たオーロラも虹も、神と自然が私たちにくださった美しいプレゼントかもしれない。

シアトルで乗り継いで一路日本に向かう機内で、雲海に浮ぶ雪の山々に目を向けたり、時折さしこむ光の中で私は今度の旅のことを反芻《はんすう》していた。

あこがれていたオーロラを見ることができたし、同行者との交わりも楽しく満足ではあった。考えれば一週間足らずの滞在でオーロラを見ることができるか、できないかは

「賭け」のようなもので、必ず見られるという保証はない。オーロラにあまりに大きな期待をしそれだけで来た人には物足りなかったかも知れない。今度の旅でオーロラに会えなかったにしても、私は地球を覆うドームのような宇宙にきらめく星々、その下に私たちの住む地球が星の一つとして、多くの命を育みながらまわっている。そこに大きな力が働いていることを感じて畏敬の念を持った。もしオーロラに会うことがなかったにしても、宇宙の壮大さを全身に感じた一時はオーロラ以上に深い感動が私を満たした。

二十年ほど前から英文学のＳ教授のご厚意よる読書会をつづけている。英文学を学んでいる人から私のような人まで、十三、四名の集まりである。ダンテ『神曲』から始まり今はミルトン『失楽園』を読んでいる。

難解な二つの古典を原文の味を損わず、かみくだいて美しい格調高い英語と日本語で私たちをあきさせなかった。時には時事問題とかかわり、日常生活のなかから音楽や絵画や演劇にも及んで楽しく学ばせていただいている。

この二つの物語には自然や天文に関する描写が随所に出てくる。どこの個所にどことということはさだかではないが『神曲』の地獄編や煉獄編にさえあったし、『失楽園』のエデンの園はもちろんだが、天使とサタンの戦いのなかにさえ自然の美しさ、きびしさがあった。それらは今度の旅で私が見た、宇宙のドームやきらめく星々、ダイナミックに動くオーロラや凍った大地の情景と本のなかの描写とオーバーラップして、現実とも夢ともつかない世界のなかに私はいた。

音のない凍った果てしない雪原は寂寥のなかで孤独感に襲われたが、それは人間の根元にあるもののようで快くもあった。オーロラをはじめとする自然現象に畏れの心をいだく原住民の神話は畏れを忘れた現代に生きる私たちに、何かを語りかけている。私たちは大きな力の働いている宇宙を、地球を、また自分自身をも大切にしなければと思う。オーロラにあこがれて出かけたアラスカのフェアバンクスで過ごしたのは、一週間足らずの日だったのに、長い長い日を過ごしたような気がした。

零下十五度のアラスカより東京の寒さが身にしみた。遠い国から来た異邦人のようにとまどいながら、雪原や、オーロラや、犬橇の犬たちも、ホテルのお食事も、友だちとの会話も、身と心に受けた凡てを大切に心にしまった。写真を写すことを目的のグループのなかで私は一枚も写真を写さなかった。

三つの夢のすべてを果すことができた。その一つ一つが豊かな思いと確かな手ごたえを与えてくれた。

最後にオーロラと会うこともできた。人生の終末に近く、輝くオーロラで幕を下ろすことができて嬉しかった。

私をささえてこの旅を実現させて下さった方、無理も無茶も承知の我ままな願いを助けて下さった方に心から感謝をささげて、アラスカの旅を終りにしたい。

世田谷美術館にて——「三木美津子と友人たちの作品展」

プロローグ

昨年の秋、アラスカ行を決めた後、区報で世田谷美術館は来年四月から十月までの使用の申込みを受け付ける、以後改修のため休館することを知った。

砧緑地のなかの世田谷美術館の区民ギャラリーは区民に開放されていて、私も先年「三木美津子と友人たちの作品展」をやった。当時関係していた成城ケア・センター機能訓練コースに通う三十名が、不自由にも負けずに描いた個性豊かな作品、ボランティアとしてともに描いてきた友人たちの作品も展示、来会の方たちからたくさんの励ましをいただいた。

機能訓練コースの方もセンターのバスで見学、自分たちの絵を見る顔が輝いていた。家族が車椅子を押し、その後をお孫さんが押す心暖まる風景も見られた。こんなことを思い出しながら、細かいことはゆっくり考えることにして申込みをした。

厳しい審査と籤引でほぼ希望に近い日と室が与えられた。水墨画の世界の変な競走と情実についてゆけなくて、ある時から私は個展のなかに、私といっしょに描いている方にも出してもらうようになった。吉祥寺で銀座で小さな展覧会をつづけて来た。

四季のうつろいが美しく広々したこの美術館で前回につづいて展覧会が開催できることになってしあわせだった。会期は五月八日から十三日、アラスカの旅の余韻も消えぬまま準備にかからなくてはならなかった。元来展覧会だけのために描くことはしないので、平常の作品のなかからその人の個性と他の人との調和を考えてそれぞれの出品作をきめた。

同門の田中氏にたのんで軸装の山水二点、田中氏の作品を軸装した友人の金井さんに、彼女が軸装した私の作品を数点、借りることも依頼した。

アラスカの旅の同行者Fさんはリタイヤ記念に「私のオーロラ」を描いた。私も「私のアラスカとオーロラ」を従来の墨彩画を基にして私の技法で描きたかった。そんななかで事務的なことはF子さんが写真入りのお知らせの葉書を、会場で渡すパンフレットはWさんが二人ともパソコンが得意なのでいそがしいにもかかわらず厚意で作ってくれた。

当日は朝からの雨が晴れて搬入の時には日がさした。前回の二倍の広さの展示室を自由にアレンジするのは楽しい。お軸物は正面に、古典的な作品は右の壁面、抽象的なものは左と、つい命令調になってしまう。充分な広さがあったので、私も自己主張することができた。出品者の若い家族の応援もあって定刻の一時に間に合ってほっとした。私の師であった人は絵は心、何より格調高くが持論だった。会場を一巡して一人一人の作品が所を得て、生き生きとして、ゆったりと寛げる空間になっていた。

会期中天候に恵まれ、緑地を吹き渡る風と光に誘われるように多くの人が来場した。会場は出合いの場となり、エピソードとドラマが生れた。そのいくつかを日を追って記しておこう。

その一

「三木さん、お客様」と呼ばれて受付へ行った。「Kの家内でございます」の言葉で驚いた。K大学病院の私の主治医の奥様だった。まさかいらして下さるとは思わなかった。いつもの通り「先生こんなことをいたします」とお知らせだけは差し上げた。「家内を……」とおっしゃったが、つたない絵のために交通不便な世田谷まではとご遠慮したのだが、急に目に涙があふれて来た。

長い間お世話になっている。時々常識はずれのことをしたり、望んだりする私をいつも前向きに受け止めてくださった。アラスカから帰国してたのしい旅でしたと報告したら「行っていいよと言ったけど、ほんとうは心配したんだよ」とおっしゃった。

老いや病気は受け入れるけれど、そこに逃げないで私に与えられたこと、望むことを充分にやりたい。生も死も自然現象であるならば、ありのままの姿で生をまっとうしたい、こんな私の死生観のようなものを察していただいていることを心の底で感謝している。

今あふれた涙はその涙である。初日、一番のうれしいお客様でした。

その二

私は何時の展覧会の時も毎日会場で来場者をお迎えすることにしている。二日目の朝会場に入ると、車椅子の二人の男女が目に入った。見終るのを待って「おはようございます」と声をかけた。

「神戸から今朝早く主人の運転でこの美術館に着きました。美術館の方のおすすめでこの部屋に来ました。私たちは美術館を訪れるのが趣味で、午後は近くの美術館へゆきたいと学芸員の方にお願いしました……」ちょうどこの時学芸員の方がみえた。

車で行くのに都合のいい五島美術館と静嘉堂文庫をすすめられ、地図や資料を持ってきて丁寧に説明していた。

夫妻は私のオーロラの絵の前で「私たちも外国の美術館へも行きたい。でも……」とおっしゃるので、「私も少し不自由だし、高齢ではあるけれど、こうして絵も描けるし外国にも行ける、求めれば必ず方法はありますよ。車椅子で旅行できるグループとか、情報があったらお知らせします」と芳名簿を差し出した。

資料を車椅子にのせて、振りかえりながら初夏の光の中を行く二人の後ろ姿は決して若くはなかった。どんな障害で二人が車椅子になったかはあえてきかなかった。

その三

おやっ、と思って入口を見た。Hさんだった。次に顔を出したのはF子さん、そしてS子さんの三人だった。近況報告をかねてお知らせはしたが、こんな遠いところまで来てくださるとは思わなかった。

Hさんの夫の油絵を描く父上に誘われて「油と墨の二人展」というのを吉祥寺のギャラリーでやった。異質の画材が異和感なく納まって好評を得た。母上も同門で水墨画を学び、私のグループ展の時風竹の絵を出品したり、よいお仲間だった。病中にも電話でよく語りあった。お二人が相次いで亡くなったが、いつも心のなかに生きている。

Fさん、Sさんも学生時代から今まで、いつも変らない心の通いがつづいている。三人が学生だった頃、私は今の彼女たちくらいの年だった。仲よし三人が忙しいなか時間をさいて、この会場での一時、二度とないかも知れないこの時を私は大切にしたいと思った。

他にも学生時代から我家とのかかわりの深かった人が、二人、三人と来場しこの場がそのままミニ・クラス会になった。

その四

会期半ばになった。来場の一人一人に言葉はかけなくても感謝のまなざしだけは送りたかったので、受付の人が昼食に行ったあとも、そんな目で会場を見まわした。正面の壁面の軸装の山水に手をふれている少女が二人いた。「こういう絵好きなの」とそばに行ってきいた。一人が「好き、これ、お習字の筆で描くの」と言った。「そう、絵が好きなのね。だから触りたかったたね。でもね、これは大切なものだから触ってはいけないの。ちょっと下って見てごらんなさい。山や水がもっとはっきり見えるでしょう。どの絵も少しはなれて見たほうがいいのよ」彼女たちは私が言った通りに他の絵を見ていた。

「二人は仲よしなのね」

「なかよしなの。でも時々けんかするよ」

「なかよしだからけんかができるのよ」

こんなことを話しているうちに一人が胸に下げた、ピンク色のハートを重ねたペンダントをさして「これ、私がつくったの」と見せた。もう一人が自分の髪をさしながら「今日、一人でこのお髪とかしたの」と言いながらぴょんととんだ。その時私ははっと気がついた。彼女たちは軽い知的障害児ではないかと。

きけば小学校は同じだったが中学はちがう養護学校に行っている。今日は土曜なのでここへ来た。二人とも絵が好きなのでよく来るという。私は自作の絵葉書を二人にあげて「ここにお名前と住所を書いてね。お年賀状あげる」と言って芳名簿を出した。二人は丁寧に書いて、私はこれ、私はこれと言いながらフリガナまでしてくれた。何度も出たり入ったり、振りかえったりしながら帰って行った。

この様子を一人の老紳士が見ていることに先刻から私は気がついていた。

「ああいうお子さんもここに来たんですね。私はK子の父です。K子はもう来ることができなくなりました。あの子に代って今日は私が伺いました。元気な頃Kさんと三木さんに助けられて、同じ身障者のNさんの個展を見に銀座へ行き、資生堂のパーラーで食事をしたことを思い出して、K子の希望でパーラーのケーキを……」とケーキの箱を私に手渡して帰られた。有名な女流俳人のお孫さんで彼女も俳句をよくした。定例の句会の時重度の脳性マヒで字の書けないK子さんの代筆をするボランティアで知り合って何年になるだろう。電動の車椅子で体の不自由な人の住宅問題に奔走していた。今は病状が進み入退院を繰りかえし自力では動けない。電話の声も聴きなれた私でも聞きとりにくい。

私は背に老いをにじませた父上の姿とK子さんを重ねて胸が詰まった。

その五

何かささやくような声がしたので目を上げたら、背の高い外国人の男性と日本人の女性が立っていた。私はサインをお願いして「どちらから」ときいた。つれの女性が「イタリーから」と答えた。通訳かと思ったその方は奥様だった。奥様は「実家が近くなので、彼にも日本の芸術を知ってほしくて同行しました。彼は今夜日本を発つが自分はしばらく実家で過ごします」とのこと。私はちょうど数本持って来ていた自作の扇子の中からひまわりを描いたのを選んで「イタリーにひまわりが似合うと思います。記念にどうぞ」と差し上げた。

陽気な彼はその場に居合せた人と彼の好きな絵の前で写真を写し、一人一人と握手をかわし、投げキッスをしながら立ち去った。

一日おいて奥様のお母様が全員の写真を、届けてくださった。「予定通りあの夜帰りました。娘にいただいた扇子は彼の母親に見せたいと持って行きました」とほほえんだ。

あの陽気なイタリア青年の母親って、どんな人かしら。何となく面影が浮かんだ。

その六

「あらっ、まあ、あなたも」

こんなこともあるのだ。

アラスカの旅でいっしょにオーロラを見たり犬橇に乗った人たちが、なぜかこの時揃《そろ》ったのです。約束したわけではないのに。

F子さんはあれから定年記念に苦心して「私のオーロラ」を描いて出品した。M姉妹は今回出品しなかったが絵の仲間、Sさんは鎌倉からご主人の運転で、F子さんは別として私を含め六人が揃うとは、運命の神様のいたずらか、ご厚意か。

オーロラの他に私の描いた雪原や、白樺林の絵を見てあの旅の思い出を語り、時を忘れた。

フィナーレ

後日有志だけで美術館のレストランでささやかな打上げ会をやった。ただ一人の男性T氏は一応の乾杯の盃をあげてから「実は昨日初孫が生れたんですよ」と顔をあからめながら恥かしそうに言った。私たちはもう一度「赤ちゃんとお祖父ちゃん」に乾杯をした。実はこのワインはT氏のご厚意だった。もしかしたら初めの乾杯のときからこの赤ちゃんのことでいっぱいだったのではないか。しばらくこの新米お祖父ちゃんを中心に話がはずみ未だ名のない赤ちゃんの健やかな成長を祈った。展覧会の終りを新しい命の誕生でかざってもらった。

会期中このほかにも意外な人の訪れや、未知の人との会話、出品者の元気な幼ない家族たちや友人たち、それぞれのエピソードとドラマがあった。会場はほどほどの人の流れがたえず和やかなムードが満ちていた。

大作で競うよりもその人らしい個性を大切に楽しみたい。この方針はいつの展覧会にも貫いて来た。

一期一会というか、今この一時こそ私には何より大切なものであり、だから生きているとも言えるのである。

長い夜

二〇〇一年敗戦記念日が近づいた。すっかり忘れていたあの家族のことが心に浮かぶ。当時小学校三年生ぐらいの女の子を頭に、六人の子持ちでその上お腹にもう一人という家族だった。近所にはちがいないがどこに家があるのか名前さえ知らなかった。空襲警報のサイレンが鳴る度に、町内の防空壕にその家族がぞろぞろと入って来るのを大変なことだとながめていた。

古い着物を仕立なおしたモンペに防空頭巾、背中にねんねこでつつんだ赤ちゃんをくりつけ、着ぶくれた防空頭巾の子供たちは大きいのが小さいのの手を引き、母親とひとかたまりになっていた。この子供たちのつぶらな瞳が私に向けられると、つい防空カバンをさぐって飴玉を一つずつ子雀のような口に入れてあげる。その度母親は「いつもいつも……」と頭を下げる。ある夜飴がなかったので、乳業会社に勤める友人から手に入れたチーズをあげた。「お姉ちゃん、これ石鹸みたい」と上の女の子が拒否したのがきっかけで母親と口をきくようになった。

「子供さん、大勢でたいへんですね。お名前は?」と聞いたら指を折りながら「ヨ、ケ、サ、マ、ゴ、タ」と言って「私も時々わからなくなって、こうしてかぞえるんです」と笑った。ヨはヨシコ、サは三郎と言ったような具合で親も時々「○○ちゃん、じゃない。△△ちゃん。ちがう××雄」という調子だそうだ。防空壕の中ではほとんど他の人とは口をきかず、ひっそりとうずくまって一かたまりになっている姿を見るのはつらかったが、ほっとする思いもあった。日毎に厳しくなる戦局とともに食糧の不足もひどく、この子供たちを育てていくのは並大抵のことではないだろう。でもいつも母親だけだけれど父親はどうしているのだろう。

同居していた私の姉と子も兄の応召を期に地方の町に住む義母のもとに身をよせ、上の弟は応召、病気のため兵役免除の下の弟と二人暮らしでまだいくらかのゆとりがあった。

ある日私の家の玄関にあの子だくさんの母親が訪れてきた。前かけの中にねぎ一束、さつまいも五、六本ひそませて。子供たちに食べさせたい一心で出身地の千葉県まで兄弟をたよって買出しに行ってきた。何とか背負えるだけの食糧を手に入れてきたので、いつも子供たちにやさしくして下さるのでおわけしたくて、ほんの少しですがと差し出した。でも、どうしてこの品物を私がもらうことができようか。私の目のなかに子雀のような子供たちの顔が浮かんだ。苦労して遠くまで買いに行ってやっと手に入れたものは彼女の子供たちのために使わなくてはならない。

押し問答がつづいたが、私は彼女の心をくんでわけてもらうことにした。今度はお金を受け取らない。私は思いついて家にはお米はないけど粉なら入手できるから粉ならいいでしょうと粉をあげた。彼女は「ああ、これで子供たちにすいとんが食べさせられます」と帰って行った。それから折々こんな物々交換がつづいた。それなのにまだこの家族の家も姓も知らなかった。

年が明けて夜になると、きまってB29の来襲をつげるサイレンが鳴った。窓という窓に黒いカーテンをつり電灯は黒い布で覆って、一筋の光でももらせば警防団の人たちから厳しい注意を受ける。空襲警報が発令されれば防空壕にかけこんで息をひそめる。時には一晩に何回も繰りかえす。

若い人はほとんど兵役と徴用で、女性と子供、男性といえば中高年か病弱の人ばかり。ほっとする夜明けさえ、もう私たちには暗い厳しい夜につづくひとときでしかなかった。

今住んでいるこの家、今生きているこの身もとび散り灰になることを知っていた。狂気のようなバケツリレーで焼夷弾が消せるはずはないし、竹槍で上陸してくる米兵に勝てるはずはない。誰も口にすることはしなかったが虚しさと飢えに私たちは無気力になっていた。

毎日毎夜日本中のどこかで機銃掃射があり、焼夷弾が落され、命を奪われ、家を失った。焼夷弾が夜空を覆って落ちてくるのは両国の花火を一ぺんに打ちあげたほどに明るく美しかった。私は防空壕に入らずに夜空を仰いでいることがあった。落ちてくる時に音があったのかなかったのか、あの光の光芒は今もあざやかに目の前に浮かぶのに音を思いだすことができない。

その日、冬の日のくれる頃だった。生れたばかりの赤ちゃんを背負い小さな子の手をひいたあの家族に久しぶりにあった。母親は私に「今日は子供たちに食べさせるものがないのです。買出しに行くことができないので」とつぶやくように言った。私はとっさに四、五日前手に入れたお米のことを思い出した。あのお米、あげたい。いいや、いつものようにお粉にしたら……心の中で二つが行きかっていた。ちょっと待ってと家に入った私はもう迷ってはいなかった。ざるに今晩親子がたっぷり食べられるほどのお米を入れ粉をそえて「さあ、早く、食べさせて」と彼女のエプロンに押しこんだ。

その夜はいつもより早く警戒警報が響きラジオがB29の来襲を告げた。弟と二人身仕度をして外に出た時はもうあたりはめらめらと燃えたち空は真っ赤に染まっていた。

「さきほどはありがとうございました。子供たちにお腹いっぱい食べさせました」というもの通り子供たちを引きつれたあの人だった。そのまま私たちも火の海のなかにのまれてしまった。

私と弟は炎に追いたてられるようにどこをどう歩いたかわからないまま、背中に背負ったリュック一つで道路一つへだてた公園に行くこともできずに防火用水のわきで生きていることに気がついた。あたりは明るくなっていたが瓦礫の山と化した街は煙と異臭が漂い、後年読んだダンテの『神曲』の地獄よりすさまじかった。私達は最も戦火の激しかった深川区、今の江東区に住んでいた。

私と弟は川崎の親戚に身を寄せた。四、五日たって赤坂の私の勤務先に行った。

「あっ、〇〇さん、あなた、生きていたんですか」と上司はびっくりして確かめるように私を見つめた。

「下町が全滅と聞いて、あなたがどうしたかしらと思って昨日行ってみたんです。焼跡にいた人にきいたら、〇〇さんは家の家主さんなんだけれど、まだここへ来ないところを見ると亡くなったんでしょう。二人ともまだ若いのにかわいそうにって言ってました。まさか幽霊ではないでしょうね」と言った。

昭和二十年三月十日下町空襲の時のことである。

それからしばらくしていろいろな手続きのために区役所へ行ったついでに焼跡を訪れた。生き残った人のほうが少なく隣家の三人は全滅、一家中無事という家は少なかった。私は防空壕に住んでいた知人にあの親子のことを聞いてみた。

「ああ、××さんだね。親父さんだけ徴用先の工場に行っていて助かったけど、おかみさんも子供も全部死んだよ。親父さんはもともと腕のいい菓子職人で有名な和菓子屋に勤めていたんだが……子だくさんでおかみさん、苦労していたのに……」

つらい話だった。ヨ、ケ、サ、マ、ゴ、タも、母親ももういないのだ。子雀のような口に飴玉を入れてあげた時の瞳の輝きはもう見ることがないのだ。

それから私は川崎の空襲で焼け出され、目黒の友人の家に居候二週間、五月の山の手の空襲の時近所の竹薮で一晩過ごしてもどったら家は跡かたもなかった。勤務先もこの時焼けた。私はもう失うものは何もなかった。

八月やっと終戦を迎えた。真夏の強い日ざしのなかで長い長い夜が明けたと思った。事実は食糧もないし、家もないし、復員軍人や失業者は巷にあふれて占領下の生活は厳しかった。それでも空襲のない夜は何よりも私たちに眠りを与えてくれた。それだけでも戦いの日々よりしあわせだった。

私は瓦礫《がれき》の街を一度訪れたきりで先日まで行ったことがなかった。生れ育ったあの下町は天災と戦災によって二度失われた。私の心のなかに生きているあの街、材木の匂いのする街、旧いお寺のあるあの街、清澄公園のなかの区立の図書館は私の幼ない時から少女時代にかけての読書を支えてくれた。学校帰りによってあれこれと小学生のくせに大人の本をあさる私にいつもビスケットを三枚くださった館長さん。百人一首の相手をしてくださったお隣りのお姉さん。買食いを禁じられていた私は、一銭銅貨を手に角の駄菓子屋で買っている友だちを待っている時、母が通りかかり「美津子さん、お買物」とそんな時ばかりさんをつける母の後ろ姿をうらめしげに見送ったものだ。限りない思い出はおぼろにかすんで薄暮の世界をさまよっているようだ。

先日下町に住む友人をそのマンションに訪れてあまりの変りように目をみはった。五十年の歳月にもう私の故郷ではない見知らぬ無表情なコンクリートの街になっていた。

もし今あのような戦争になったら、あの子雀たちと母親と私との小さな心の交わりが生れるだろうか。弟二人はそれでもあの酒屋のS君だとか、床屋のだれとか友達もいくらか残っているようだし、富岡八幡のお祭りにも出かけることもあるようだ。女性にとっても戦火は厳しく当時の友人は一人も残っていない。

新しい世紀初めての敗戦記念日が巡って来る。今まだこの地球の上で新たに戦争が生れ、武器が育ち、悲しみは絶えることがない。長崎や広島の痛みすら未だ癒えていない。戦いの果てに残された地雷で手足を失い、命を奪われる人は後をたたず、宗教がからむ戦争も何とも納得のいかないものがある。パレスチナ、イスラエルの争いはいつまでつづくのか。真の宗教とは愛とはと問いかけたい。公害もまた自然と科学のたたかいか。世界中に飢え、傷つき、病み、教育を与えられない子供たちのつぶらな瞳は悲しみをたたえている。今私の身近にいる豊かな日本の子供たちも同じように大人たちの愚かさのなかで救いを求めているようにみえる。

私は遠くなったあの日を思い、世界中の一人一人が愚かな争いを止めて、人間本来の姿にもどるために、すべての戦いの痛みを風化させてはならないと深く願う。愚かな戦いは勝者もまた敗者である。

まだほんとうの夜明けは来ていない。

（二十一世紀こそ真の平和が来ることを祈りつつ）

落ちこぼれの記

二人に初めて会ったのは夫を亡くして初めて勤めた学校の始業式の日だった。新卒の高橋明美さんはまだ少女のようで、ちょっと背のびしているようだった。転勤してきた渡辺豊子さんはグリーンのスーツで目の大きさが印象的だった。その年、その学校は二十七人の職員のうち十三人が転出、新任が十四名、そのうち新卒が五名、考えられないような人事だった。落ちつかない日があわただしく過ぎて、お互いに話合うことも少なく夏休み近くなった。

それがどんなきっかけか学校に近い私のアパートに何人かの新任教師が遊びに来るようになった。私は一人住いだったし、来る方も一人身の気安さだった。夫との生活の中で我家はいつも学生が出没していたので苦にならなかった。その頃外国の婦人からレシピをいただいたり、お菓子つくりを習ったりしていたので、日をきめて皆で料理をすることにした。食事を主にするときはデザートを簡単に、デザートにこった時は食事は軽く、わいわいつくって食べてしゃべった。学校では口にできない本音がうかがえた。

考えればその学校には今問題になっている、いじめ、不登校、暴力教師、教員同志の信頼感の欠如等、当時そんな言葉さえなかったことが、時代に先立って取り揃えて存在していた。数人の男性教師の言動がことに目にあまった。その人たちに迎合すれば一日一日をなんとなく過ごせたのかも知れない。我家に来るようになった彼女たちは、私を含めてその息苦しさに心をすりへらしていた。山形出身のSさんはどうしても通勤したくない朝を迎え、私もまた同じような朝を迎える。車で通勤していた私は回り道をして彼女を車に乗せ二人で何とか校門をくぐる。

クリスマスの夜は集まって大学の教会にメサイヤを聞きに行き、夏休みには私のK町の山荘で数日を過ごした。そのなかで渡辺豊子さんと高橋明美さんが私と行動することがだれより多かった。豊子さんのお姉さんに編物を教えていただいたのもこの頃だった。三年たつと一応転勤が許される。明美さんが結婚、豊子さんは都内に転出、不登校のSさんも逃げるように故郷へ帰った。音楽のHさんは北海道へ、この学校が最後と思う私だけが残った。

その翌年、年長のFが転勤した。Fの言いなりだった二人の教師の影が薄くなり、次の年転出した。しかし一度バランスを崩した学校は何時も問題をかかえていた。

転勤した豊子さんは間もなく胃潰瘍《いかいよう》で入院、退院しても一時一人で電車に乗れなくて姉さんに送ってもらっていた。私もそれだけが原因ではないが病気で入退院を繰りかえした。停年を待たず私も学校を去った。このままいたら心まで崩れてゆきそうだった。

退職後調布の駅で学校では一口も口をきかないのに私にはほほえみを向けた少女の母親に会った。自分できめて私立の中学にすすみ獣医さんになると勉強していると言う。今は学校でも家でもおしゃべりでおしゃべりで、と聞いて私はほっとした。

その後も私たちは何とか繰り合せては小さな旅をしたり、北海道のHさんの上京に合せてお食事をしたり、全員揃うことはあまりなかったが、何かと理由をつけて集まった。

時が流れて少女のようだった明美さんは三児の母に、豊子さんは停年を迎え、パソコンの学校に通い、今まで主に姉さんまかせだった母親の介護を姉さんに代ってやることになった。Hさんは一人娘が成人し北海道に腰をすえた。その頃から豊子さんが一月一回くらいの割合で母親がデイ・ホームに行く日に私の住むケア・ホームに遊びに来るようになった。とりとめのないおしゃべりに時を過ごしたり、私の趣味の水墨画の応用で絵はがきを描いたりして、母親の帰宅に合せて帰って行った。夏になる頃から明美さんもこれに合流、帰る時次の日を決めるのだが、三人になるとこれが意外にむずかしい。豊子さんは母親の介護のあい間に陶芸を学び、たまには好きな山歩き、明美さんは家事の手が抜けたので、資格を生かした老人介護のヘルパーで週二、三回はふさがる。私は三グループの水墨画の相手をし、ボランティア協会の機関紙発送のお手伝い等、曜日と日が固定される日がある。人から見ればその年でと思うかも知れないが、ヒマ人には暇人故の忙しさがある。それでも何とか日をきめる。

十一時頃からお昼をはさんで三時頃まで、おしゃべりで過ごしてもそれなりの意味はあるのだが、ある日「パソコンを使ってあなたの小さいエッセー集を三人で作らない」と豊子さんが言い出した。明美さんも豊子さんの影響もあって始めたパソコンが上手になっていた。初めからエッセーでは大変だから取りあえずこのホームに来てから始めた俳句をまとめて句集を作ることになった。目的がきまると役割もきまる。本文、装丁、挿画、製本凡て手作りと思いがけない方向に進展した。

内容がまとまり、配列がきまり、ワープロを打つのは豊子さんが中心、何回も校正を重ねた。表紙は薄紫の和紙を使いタイトルは手書。挿画の色には豊子さんの姪御さんの協力を得た。製本の主力は明美さん。夏から秋へ試行錯誤を重ねながら一九九九年十二月、小さな句集「はくちょう」六十冊が私たちの手で生れた。

その作業の折々にいつも明るい明美さんが、息子のアトピー性皮膚炎のことや、もっと大きな心の陰りをはっきりとは言わないが感じさせることがあった。

私たちが集まる前日豊子さんから電話がある。何を持って行こうかしらと聞く。私は今家の在庫品は○○と××といただきもののケーキがあると言う。それでは私はと、フランスパンとビールをかかえて来る。明美さんは若いのに好みは古典的、ゆばの煮物とかお漬物を持って来る。

句集の出来上がった日、私たちは取っておきのワインで乾杯した。その日明美さんが初めて「明日弁護士に会うの。かなり前から夫とは別居状態、子供は私のところにいるけれど、離婚の調停ってほんとうに大変、家庭裁判所へいくのも気が重い。もう二年あまりになるのに、早くすっきりしたい」と口に出した。

そう言えば二、三年前のある日、環八を車でとばして来たことがあった。「もう、がまんできない」と言っていたが、詳しいことは語らなかった。泊ってと言いかけたが子供のことを思えば夜のうちに帰ったほうがいいと帰した。その時どこの夫婦にもありがちなちょっとした行きちがいと思いいつか忘れていた。

句集を作ったあと二人は俳句に興味を持った。国語の本にあったことくらいしか知らないし、作ったこともない。私が相手をすることがいいか悪いか別としてこの短い詩形のなかに、自然に対する思いや心の内奥を投げかけてみるのもいいかも知れない。いわゆる上手な俳句でなくてもいい、感受性のゆたかな二人だから一種の遊びとしてやったら案外いい句ができるだろうと句作りが始まった。

○有季定形であること

○俳句として最低限度の約束事、季語、季題切字、特有な言葉は実作を通して

○俳句は原則として旧かな使いであるけれどそれにこだわらず新かな使いで歳時記だけは欠かすことができないのでプレゼントして第一回はこんなことを話した。

次回からはその時の出題に従って十句つくり、前日まで私に送ってもらう。初歩的な間違いや、こうしたほうが句が生きるようなところだけいわゆる添削をしておく。あまりに多くのことを言おうとしたり、強すぎる思い入れを、主題をはっきりさせ、どう削りどう表現するか、切字、助詞の使い方一つで変る言いまわしを何とか知らせようとした。十句三人の三十句を一句ずつ詠みながら「俳句とは」を考えた。私としては二人の個性を殺してはならない。ほとばしる心の動きや自然とのかかわりを大切にしながら、固定

観念にとらわれない、のびのびとした句を作ってほしかった。

いつか主題をしぼることや、用語、季語、季題にも慣れて、手を入れなくても俳句らしくなってきた。この十句ずつの中から自分のを含めて一人一句三句を選び、短かい感想を書いて豊子さんに送ることにした。これを一句一言と名づけ、三人の名のイニシアルを取って「みとみ会」と名まで付いた。

回を重ねるうち二人の個性がはっきりと打ち出されてきた。明美さんは口では言えないいらだちや心の重さを生でぶつけていたのが、抑制のきいた表現になり、花や木に寄せる句に生来の明るさや、ちょっぴりの甘さが見え、年中行事や母親への思いは、彼女は若いのにいい意味での古さを持っている。

豊子さんも自然の風物や好きな山の旅を詠むとき、そこはかとない野性味を出し、母親や友人に暖かい目をそそぎ、動物を詠むときはユーモラスな味を出す。十句のなかに必ず飼猫や野良猫が登場する。もうこれ以上私の助言は要らない。自由に自分の句を作ってほしい。私も楽しかったし充分学んだ。

さて、次の段階として、もう一年あまりたまった十句ずつの句と一句一言をまとめて「みとみ会」句集私家版を作ることになった。明美さんもパソコン上手になったし「はくちょう」の経験を生かして、共同作業の楽しさのなかで世界に一冊ずつの本を作るのだ。年齢の差を越えて三十年に近いお交わりだ。「どうしてかしら」とある時だれかが言った。

あのひどい学校で上手に身をかわせなかったオバカサンだからかしら、三人とも強いようで結構弱虫、そのくせ不利を承知で妥協できない。食べること好き、遊ぶこと好き、いろいろなことが出てきた。「あの学校時代三木さんのところでほっとした、あの時のつづきよね。今もつづいている」思いがけない有難い言葉だ。私もまたこのユニークで心暖かい友に年齢を越えて支えられている。

夫を早く亡くした私は結婚は人生の一つの過程と思っている。過程ではあっても大きな意味と力を持っているし私を形づくっている。

豊子さんはチャーミングな女性なので男性の友人はたくさんいると思うが、結婚には至らないようだ。男性に彼女を見る目がないのか。彼女の心の琴線にふれる男性がいないのか。

明美さんは早く結婚し早く母親になり、三人のうちで一人だけ常識的な半生を過ごして来たが、今嫁の立場、夫との不和の中に揺れている。

八十歳、六十歳、五十歳の三人三様の生き方である。離婚が成立すれば明美さんにとっても私と同じに結婚は人生の過程となる。過程でも彼女の生活に子供があるだけ深い何かがあるはずだ。離婚は新しい出発だ。

「死が突然訪れることは知っていたけれど、結婚が急に私を襲うとは思わなかった」と言って高齢の結婚にふみきった人がいた。豊子さんに良き伴侶が現われるかどうかは別として、一人生きる道もより深い味があるだろう。女性にとっても結婚は人生のすべてではない。

人生のフィナーレを待つ私は別として、二人はこれからこそ、人間としてゆたかに生きてほしい。

三人の「落ちこぼれ」教師は不器用な生き方も共通している。肩肘はった生き方より「落ちこぼれ」の生き方も捨てたものではないようだ。

あとがき

二十一世紀の初めの年に『シャローム　Ⅱ』を刊行することができることを喜んでおります。

この十年ほどは老いの日を見つめ、終末の日に向かっての歩みを、生きている証のように書いて来ました。

さりげない日常の日々の哀歓、安らぎ、悔、旅の日、この年になったからこそ人生の尽きない滋味として味わい、心に語りかけることができたからではないでしょうか。

このようなことを言えるのも『シャローム　Ⅱ』に登場した方はもちろんですが、むしろ、この本に登場しない方、いいえ、書き表すことのできない深いところでいつも暖かいまなざしを向けて下さる方、多くは語らなくても会うことは少なくても心の行きかいの豊かだった方、行きずりに一言交しただけの人にさえ、こんな私にと思うような大きな力と恵みをいただいたからだと思われます。

私に出版の機会を与えて下さった「文芸社」、ご協力いただいた中村美和子様、お読みになった皆様を含めて私を支えてくださったすべての方々に感謝をこめてシャロームと申し上げます。

二〇〇一年十二月

著者プロフィール

三木 美津子（みき みつこ）
1918年　東京下町に生れる。
1936年　旧制高等女学校卒業。
戦時中　日本産業報国会東京支部勤務。
戦　後　小学校教諭（一時）。
　　　　油絵、墨彩画を学ぶ。
現　在　有料老人ホームに住み、趣味の絵画、
　　　　読書を中心の生活。

シャローム II

2001年12月25日　初版第1刷発行

著　者　三木 美津子
発行者　瓜谷 綱延
発行所　株式会社 文芸社
　　　　〒112-0004　東京都文京区後楽2-23-12
　　　　　　　　　　電話 03-3814-1177（代表）
　　　　　　　　　　　　 03-3814-2455（営業）
　　　　　　　　　　振替 00190-8-728265

印刷所　株式会社 平河工業社

ISBN4-8355-2321-0 C0095